AtV

Brigitte Reimann wurde 1933 in Burg bei Magdeburg geboren. Nach dem Abitur war sie Lehrerin und seit ihrer ersten Buchveröffentlichung 1955 freie Autorin. 1960 zog sie nach Hoyerswerda, 1968 nach Neubrandenburg. Nach langer Krankheit starb sie 1973 in Berlin. Sie schrieb die Erzählungen »Die Frau am Pranger« (1956), »Ankunft im Alltag« (1961) und »Die Geschwister« (1963) sowie den Roman »Franziska Linkerhand« (1974, vollständige Neuausgabe 1998). Außerdem erschien ihr Briefwechsel mit Christa Wolf, »Sei gegrüßt und lebe. Eine Freundschaft in Briefen 1964–1973« (1993), und »Ich bedaure nichts. Tagebücher 1955–1963« (1997) und »Alles schmeckt nach Abschied. Tagebücher 1964–1970« (1998).

»Die Briefe der hochbegabten Schriftstellerin Brigitte Reimann aus den Jahren 1947 bis 1953 füllen eine Lücke in dem Bild, das wir uns bis heute von dieser Frau machen konnten. Diese Briefe lesen sich ähnlich wie Tagebücher, denn die Freundinnen waren eng miteinander vertraut. Das Mädchen Brigitte Reimann schildert ihre Erlebnisse mit den Jungen in ihrer Klasse genauso offen wie ihre Zweifel am Sinn politischer Entscheidungen und bürokratischer Verordnungen. Die Bedeutung dieses Bandes geht über die private Dokumentensammlung hinaus. Er vermittelt Zeit- und Lebensgeschichte aus dem Blickwinkel einer neugierigen, lebenshungrigen Frau und eigenwilligen Autorin.«

Cornelia Geißler, Berliner Zeitung

Brigitte Reimann

Aber wir schaffen es, verlaß Dich drauf!

Briefe an eine Freundin im Westen

Herausgegeben
von Ingrid Krüger

Aufbau Taschenbuch Verlag

Mit 7 Fotos

ISBN 3-7466-1531-3

2. Auflage 1999
Aufbau Taschenbuch Verlag GmbH, Berlin

Umschlaggestaltung Torsten Lemme unter Verwendung
eines Fotos von Brigitte Reimann
Druck Elsnerdruck GmbH, Berlin
Printed in Germany

Burg, den 11. 6. 47

Liebe Veralore!

Recht herzlichen Dank für Deinen langen Brief. Er hat mich sehr froh und doch zugleich traurig gemacht, weil Du nun doch einen Pneu gekriegt hast. Wie oft habe ich gejammert, mein Leben für halb verpfuscht gehalten, weil ich so schlechte Augen habe und dadurch scheu und unsicher bei Fremden werde. Aber nun habe ich eingesehen, wie unrecht ich damit habe im Vergleich zu Dir.

Ich sollte Dir doch mal meine Meinung über das Gebet sagen. Weißt Du, schon das Wort »beten« klingt so ein bißchen phrasenhaft, aber glaube mir, alles, was ich jetzt schreibe, ist keine Phrasendrescherei, sondern mein wirkliches, tiefes Empfinden. Du warst doch dabei, als Lisa so über Gott und vor allem Christus spottete und ich ihr meine Meinung über den Glauben sagte. Und dasselbe will ich Dir jetzt auch sagen: Versuche, ganz fest zu glauben! Ich weiß aus eigener Erfahrung, daß das zuerst sehr, sehr schwer ist, aber ich meine, daß eine Kranke, die den ganzen Tag Zeit zum Grübeln hat, sich allmählich zum wahren Glauben durchringen kann. Wenn ich abends bete, dann ist mir immer, als wenn ich jetzt alles in Gottes Hand gelegt hätte und nun ruhig schlafen kann. Ich weiß nicht, ob *das* der Glaube ist, aber ich fühle mich wirklich immer ganz erleichtert.

Aber weißt Du, es gibt da auch noch etwas anderes, so eine innere Stimme, und ich denke mir, daß die der liebe Gott ist. Seltsam, diese Stimme höre ich erst seit kurzem in mir und muß wirklich sagen, sie ist manchmal recht unbequem. Wenn ich einmal was besorgen soll und habe keine Lust und will es »versehentlich« vergessen, gleich ist die Stimme da und quält und ich muß es doch tun. Mir ist dann, als ob ich später für den Ungehorsam bestraft werden würde. Vielleicht glaubst Du das mit der Stimme Gottes, wie man sie nennen könnte, nicht, aber ich kann Dir mein Ehrenwort geben, daß es wahr ist, daß sie mich immer antreibt. Vielleicht verstehst Du es auch nicht ganz, man kann es schlecht beschreiben.

Was ich bis jetzt geschrieben habe, könnte man der lustigen, wilden Brigitte gar nicht zutrauen, was? Aber jetzt kommt auch was anderes, etwas, was unsere Klasse schon Wochen vorher aufgeregt hatte. Unsere Oberschul-Prüfung! Was meinst Du, was wir für eine Angst davor hatten! 265 Jungen und Mädel sind für die Oberschule gemeldet worden. Vorgestern war die schriftliche, heute die mündliche Prüfung.

Unsere schriftliche dauerte von ½ 9 bis ½ 3. Das kam, weil wir uns so viel Zeit nahmen. Zunächst ein einfaches Diktat: tropfender Wasserhahn. Rechtschreibung mordsleicht. Es kam auf Kommasetzung an. Wir hatten einen sehr netten Diktator, Herrn Mölle. Der hat alles so gesprochen und solche Zeichen gegeben, daß ein Saudummer merken mußte, wo ein Zeichen hinkam. Dann folgte ein Aufsatz. Vier Themen wurden gestellt, von denen wir uns eins aussuchen konnten. Sie hießen:

1. Wie wir uns durch den furchtbaren Winter 46/47 durchgeschlagen haben.

2. Wie ich das letzte Mal auf der Eisenbahn fuhr.

3. Ein Zwanzigmark-Schein erzählt seine Reise durch Stadt und Land.

4. Ein Besuch beim Meister – (da konnte man irgendeinen nehmen, Schuster, Bäcker, Schneider u. s. w.). Ich habe den 20 RM-Schein-Aufsatz gewählt. Hoffentlich hat die olle Edelgard keinen besseren als ich. Sie wohnt jetzt in Burg und ist im Aufsatz meine größte Konkurrentin. Ich hasse sie aus ganzem Herzen. Manchmal könnte ich sie kaltblütig abmurksen, die Zicke!

Zuletzt kam eine Mathearbeit. 12 Aufgaben. 6 Rechenaufgaben: + – · :. Also leicht. Dann 6 technische Denkaufgaben. Prozent und solchen Koks. Schon schwerer. Man mußte ziemlich überlegen. Ich habe 1,4 Fehler. Doll, was? Die 1 sind Rechenfehler, die 4 technische. Christa und Lisa, sonst Mathekanonen, haben sogar 2,4 Fehler. Wir drei haben in Mathe am schlechtesten abgeschnitten. Im Diktat habe ich 1, Christa 2 Fehler. Bloß Inge hat 0 …

Leb wohl, mein flandrisch' Mädchen! Bei Canossa sehen wir uns wieder! Werde bald gesund und komme bald zurück!

Viele Grüße und Küsse sendet

Brigitte

Stell Dir vor, Ulla Sch. ist als einzige in der Klasse in der F.D.J.!

28. 6.1947

Veralore-Schnuckchen!

… Wie schrecklich, daß Du nun auch kein gutes und reichliches Essen mehr kriegst! Bei uns sieht es in Beziehung »Essen« auch schrecklich aus. Keine Kartoffeln mehr

– furchtbar! Mit dem Brot sind wir für diesen Monat auch schon alle und sitzen nun eine ganze Woche ohne Brot da! Wie gut, daß wir im Sommer Ähren lesen waren. Die mahlen wir jetzt durch die Kaffeemühle, nachdem wir die Körner rausgeklopft haben, und essen Suppe davon. Halt! Jetzt habe ich es falsch ausgedrückt! Das hört sich ja so an, als hätten wir die Körner rausgemacht und dann die Ähren durchgemahlen.

Wir, Lisa, Christa und ich, sind jetzt jeden Tag am Kanal, trotzdem es neuerdings bei 50 Märker Geldstrafe verboten ist. Gestern saß Lisa am Rand auf den Steinen. Plötzlich machte sie die Haare auf, nahm eine graziöse Stellung ein und sang: »Ich bin die Meerjungfrau auf meinem Felsen!« und alles solchen Blödsinn. Worauf sich Christa elegant ins Wasser schmiß und jauchzte: »Und ich bin die Nixe!« Ich armer Wurm aber patschte zwischen den holden Weiblein rum, bis sie auf einmal beide riefen: »Und du bist der Dackel!«, weil ich so komisch schwimme. (Übrigens bin ich jetzt frei!) Wir nennen uns nun immer »Dax, Max und nix« und lassen uns so rufen.

Eben waren wir wieder im Kanal. Es waren viele Russen da. Ein paar hatten sich deutsche Weiber geholt und sind mit ihnen im Kahn vor uns rumgekutscht. Plötzlich sprangen sie alle ins Wasser und ließen die Mädchen allein (die haben sich übrigens schändlich benommen und sich immer mit den Russen geknutscht). Auf einmal kamen eine Horde Jungs, die die Weiber beobachtet hatten. Sie sprangen ins Wasser und begannen den Kahn wie wild zu schaukeln. Bei jedem Schaukler kam mehr Wasser rein. Die Jungs versuchten, den Kahn umzukippen, und die dämlichen Weiber kreischten wie verrückt. Wir drei am Ufer aber hüpften immer von einem Bein auf das andere und schrien: »Feste, feste! Kippt das Ding um!« Die Schanddirnen quietschten immer doller, und die Russen kamen nicht zu Hilfe. Je mehr die Weiber jammerten, desto mehr hetzten wir gegen die Russenliebchen. Schließlich setzten sich die Bengels in den Kahn, der jetzt von einer Seite auf die andere schwankte. Eine hatte Angst, sie müßte ertrinken, drohte mit der Polizei, aber die ließen sich nicht einschüchtern und spritzten wie wild. Wir haben uns gewälzt vor Lachen! Na, die Jungs hatten endlich doch Erbarmen und ließen die Weiber raus, die wie wild schimpften, besonders die, die vorher geweint hatte. Aber ihr Geschelte ging unter in »Eine Seefahrt, die ist lustig!«, die die Jungs und wir hinter ihnen her grölten. So gelacht wie heute habe ich selten! ...

Es grüßt und küßt Dich herzlichst

Deine Brigitte

Burg, den 10. 8. 47

... Ich habe mir jetzt drei Hefte angelegt, zu folgenden seltsamen Zwecken: In der »Täglichen Rundschau« sind immer reizende Artikel, Witze und eine Serie »Das Stadtbild der Zone«. In den Artikeln, die so in Witzform oder auch Anekdotenform sind, werden die jetzigen Zustände und schlechten Behörden, die Schieber und Nazis u. s. w. scharf kritisiert. Manchmal sind es richtige lange Geschichten mit überraschenden Pointen. Na, wenn Du wieder da bist, zeige ich Dir das Heft mit diesen Artikeln. Es ist schon fast voll. Ich schneide sie nämlich immer aus der

Zeitung raus und klebe sie ein. In das 2. Heft werden die politischen Witze geklebt (natürlich nur solche mit Bild) und andere, die sich über die heutigen Zustände lustig machen. In das 3. Heft kommen die rausgeschnittenen Stadtartikel. Das ist so: Da reist ein Mann in der russischen Zone rum und besichtigt und kritisiert alle großen und kleinen Städte. Ich habe schon Greifswald, Anklam, Potsdam, Stralsund u. s. w. Die beste Kritik aber hat – Burg bei Magdeburg! Sie ist vielleicht sogar ein bißchen zu gut.

...

Also, ich kann Dir sagen, die Ernährung hier ist jetzt einfach furchtbar. Morgens bloß 2 Schnitten, mittags nicht genug Essen, so daß man meistens gar nicht satt wird, nachmittags eine Stulle und abends einen einzigen, noch nicht mal bis obenhin vollen Teller Graupensuppe und eine Stulle. Und dann meistens noch trocken, wenn es nicht gerade Gurken gegeben hat. Für andere Leute ohne Gärten ist das noch viel schlimmer, wir haben wenigstens noch Tomaten draufzutun. Augenblicklich haben wir ja Butter, aber die kommt meistenteils zum Kochen. Marmelade gibt's gar nicht mehr, statt dessen Zucker, den wir auch so nötig brauchen. Dann gab's mal wieder zwei Dekaden kein Fleisch, sondern nur Fisch, der bloß aus ein paar dicken Köpfen bestand. Das Schlimmste aber ist die Kartoffelnot. Da soll nun ein Mensch mit 400 g am Tag auskommen! Du solltest bloß unser Mittagessen sehen! Da findest Du alle halbe Stunde ein Stück Kartoffel. Wenn wir nicht so gesund und widerstandsfähig wären, sähen wir wie die meisten Menschen, die keine »Beziehungen« haben, aus, nämlich richtig wie arme Teufel, mit rausstehenden Rippen und Backenknochen. Die Kleinen sehen schon fast so aus, trotzdem wir ihnen das Beste geben. Sie, besonders Ulli, sind immer so schrecklich blaß, und als Ulli mal in der Badehose hingefallen war, sahen seine Rippen so aus: auf jeder Rippe der rechten Seite fein säuberlich ein Wundmal, während die Haut dazwischen nichts abgekriegt hatte. So weit stehen sie raus. Ebenso bei Puppa. Sei bloß froh, daß Du da im Heim gute Verpflegung hast. Hier würdest Du bei Deiner ohnehin zarten Konstitution einfach umklappen.

Na, jetzt will ich Dich mal mit meinen Klagen verschonen, die mir selbst das Herz unnütz schwer machen. Wenn ich dann die fetten Schieber sehe mit ihren dicken Bäuchen und fleischigen Stiernacken (siehe Christas Onkel), dann könnte ich die gemeinen Kerls in Stücke reißen. Den dicken Onkel könnte ich jedesmal, wenn ich ihn im Hausflur treffe, ins Gesicht spucken. Aber leider, leider kann man nicht so, wie man will. Er war ja schon mal verhaftet, aber wieder freigesprochen worden. Naja, wie das kam, kann man sich denken! ...

Habe ich Dir schon geschrieben, daß mein neuer Badeanzug fertig gestrickt ist? Ich ziehe ihn aber erst im nächsten Jahr an. Er sitzt sehr schick, bloß das Brustdings ist etwas gewagt. Auch eine Folge des Wollemangels. ...

Deine Freundin Brigitte

Burg, den 1. September 1947

... Hach, ich freue mich ja so! Ich bin in furchtbar übermütiger Stimmung, was Du, falls Du in Deinem Heim »V. h. z. Z. L. w.« (Vereinshaus zur Züchtung Langerweile) nicht bereits hochgradig verdooft bist, was Deinen Briefen (viel zu kurzen übrigens) nach nicht scheint, bestimmt schon gemerkt hast. Denk mal an, mein liebes Vatilein hat endlich, nach ½ Jahr wieder geschrieben. Als ich den Brief oder vielmehr die Karte im Flur liegen sah, habe ich ganz laut losgebrüllt vor Freude und Begeisterung. Du hättest mal sehen sollen, wie schnell da sämtliche Kinder zusammenströmten! Man konnte vor lauter Indianerfreudengeheul kein Wort verstehen. 4 Karten sind verlorengegangen. Vati hat doch immer die Karten numeriert. Und heute nun schreibt er (vom 8. Juli), er finge nun bald wieder an zu arbeiten, ließe sich jetzt immer von der Sonne braten und liest deutsche Zeitungen, die regelmäßig eintreffen. Fein, was? Pille hat auch schon seit Februar keine Nachricht von ihrem Vater, der am Ural ist. Unverantwortlich von denen, die so nachlässig sind, daß die Karten verlorengehen.

Viele Tage später (5)

Nun muß ich erst mal von unserer neuen Schule erzählen.

Also am 2. September fings an. Um ½ 9 war vorm Gymnasium endlich unsere Klasse vollzählig versammelt – man bloß – ein Pauker kam nicht. Na, endlich geruhte einer, uns darüber aufzuklären, daß die Lehrer bis 10 Sitzung haben. Also zogen wir in schöner Einigkeit in die Bahnhofsanlagen und frühstückten, worauf wir um ¾ 10 wieder unserer heimatlichen Hütte, bzw. Schule, zustrebten. Ich muß gestehen, wir hatten alle ein bißchen Herzklopfen aus Angst vor dem Neuen! Wir gingen dann mit der Mittelschule in die Aula, wo schon »unsere« Jungs versammelt waren. Wir waren schätzungsweise 120 Schüler, die T. nach einer pompösen und witzig sein sollenden Rede in 4 Klassen aufteilte und zwar: 1. Jungs und Mädchen zusammen, 2. Alle, die schon vier Jahre Englisch und ein Jahr Latein gehabt hatten, kamen entweder in 9a oder 9b.

a = sprachlich, b = naturwissenschaftlicher Kursus. In Christas Klasse waren 31 Jungs und 10 Mädchen (sie ist doch b.) In meiner Klasse 10 Jungs und 18 Mädchen. 3. gab es für die Schüler aus der Volksschule und vom Dorf 9f a oder b. f = Förderklasse. Wir begaben uns also nach dem feierlichen Aulaakt in unsere Klassen, etwas aufgeregt durch die ungewohnte männliche Anwesenheit, und warteten gespannt der Dinge, die da kommen sollten. Diese Dinge kamen in Gestalt eines untersetzten, breiten Mannes hereingepeest. Es war, wie sich später herausstellte, unser Klassenlehrer, »Conny« G., ein ziemlich strenger, aber sonst ausgezeichneter Lehrer. Zunächst gab er uns mal eine Menge Fragen, 1. die üblichen, und dann unser Lieblingsbuch und -schriftsteller und wo wir am liebsten wohnen möchten. Manche haben, die meisten, Deutschland geschrieben, um sich einzuschmeicheln ...

Bei G. haben wir Erdkunde, Geschichte und Latein. Der Lateinunterricht ist fabelhaft bei ihm. Jeder Satz wird auf das sorgfältigste zerlegt, jedes Wort einzeln übersetzt und so, daß jeder nur ein Wort kriegt. Gleichzeitig wird im Anschluß an die Übungsstunde griechische und römische Geschichte und Sage erzählt.

Dann hatten wir Russisch bei H. Das ist ein ganz junger, witziger Pauker, dem sie alle auf der Nase rumtanzen. Er hat erst mal unsere Namen auswendig gelernt. Zum Schreien! Er sagt auch »Sie« und »Fräulein Reimann«! Als er meinen Namen hörte, verdächtigte er mich, die Tochter oder mindestens Verwandte von dem bekannten Max Reimann, Leiter der KPD in der britischen Zone, zu sein. Da sagte der Kretschmar ganz laut: »Ach iwo, der ihr Vater ist doch son Nazi!« …

Deine Brigitte

Mensch, die aufgedonnerten Figürchen, die man auf dem Schulhof sieht! Christa und K. wollen sich Dauerwellen machen lassen!

Burg, den 18. 9. 1947

Liebe, süße Veralore!

Dein Brief hat mich schrecklich traurig gemacht, wie noch selten in meinem Leben. Ich habe furchtbar geweint. Es ist doch mein erster Abschied. Wenn ich so recht überlege, was mir durch diesen Abschied genommen wird – Veralore, ich bin todtraurig! Wenn ich Dir bloß sagen könnte, wie lieb ich Dich habe und wie es mir das Herz zerreißt, nun immer von Dir getrennt zu sein. Ich habe mich doch so auf Deine Heimkehr gefreut! In den letzten Wochen habe ich von Tag zu Tag gewartet und nun –

Na, Veralore, wir werden uns doch hoffentlich bald wiedersehen! Ich hatte schon gedacht, Du könntest mich über Weihnachten besuchen, aber Mutti meinte, es wäre viel zu anstrengend für Dich, im Winter zu reisen. Weißt Du was, dann komme ich eben im nächsten Sommer zu Euch. Denn bis Du kräftig genug bist, die sicher anstrengende Reise über die Grenze zu machen, kann ich es nicht mehr aushalten! Außerdem sagte Mutter, es wäre so wunderschön in Bad Pyrmont, daß ich es unbedingt kennenlernen möchte.

… Und, Veralore, was ich Dir noch sagen wollte, werde mir in diesem vornehmen Bad nur nicht solche kleine, affige, aufgeputzte Weltdame mit Dauerwellen, geschminktem Gesicht und solchem koketten Benehmen wie Deine werte ehemalige Freundin Gerda N. Verstehe mich bitte nicht falsch, das soll keine Beleidigung für Dich sein, denn ich weiß, daß in Dir ein guter Kern steckt und was Du für ein prächtiges Mädel bist, aber solchem feinen Bad gegenüber bin ich furchtbar mißtrauisch. Versprich mir, alle 3–4 Tage zu schreiben, ich werde es ebenso tun. Nun laß es Dir recht, recht gut gehen, meine Allerliebste, meine Herzensfreundin!

Deine Brigitte

Burg, den 10. Okt. 47

Liebste Veralore!

… Schade, daß das Birnenpäckchen nicht angekommen ist! Es war nämlich noch ein Buch drin, das die Klasse Dir gestiftet hatte.

Ach, Veralore, bei uns hat sich inzwischen so viel ereignet, daß ich eigentlich gar nicht weiß, wo ich anfangen soll. Zuerst das Allerwichtigste und =schönste: Vati ist gekommen! Ich will Dir der Reihe nach alles von seiner Heimkehr erzählen. Wir hatten zufällig seinen Lieblings=, nämlich Lebkuchen gebacken (zum Erntedankfest). Sonnabendvormittag (am 4. Okt.) bekamen wir plötzlich ein Telegramm: »Eintreffe voraussichtlich Sonnabend. Willi.« Da habe ich mich erst mal auf den Tisch gehauen und geheult – vor Freude natürlich! Dann haben wir den Backofen von Fr. L. geheizt (unserer ist doch kaputt), und um 8 abends ist Mutti zum Bahnhof gegangen. ... Lutz ist gleich losgepeest und prompt an Vati vorbei, weil er so verändert aussah. Zuerst haben wir uns gar nicht getraut, uns einen Kuß zu geben, aber nachher war es auch ein sehr, sehr langer! Du kannst Dir gar nicht vorstellen, wie elend Vati aussah! Er hatte scheußliche alte Lumpen und einen groben Russenmantel an und ein dreckiges Russenkäppi auf. Und die furchtbaren Holzschuhe erst! So plump und geflickt! Dazu das knochige Gesicht, die abgeschorenen Haare und – die Sprache! Über diese traurigen Äußerlichkeiten konnte ich mich noch hinwegsetzen, obgleich sie ihn auch fremd machten, aber die Sprache stieß mich so ab, daß ich einfach nicht »Vati« zu ihm sagen konnte! Ich kann Dir gar nicht beschreiben, wie sie war: so nervös, so krank und – und ich weiß nicht, überhaupt so schrecklich fremd! Unterwegs habe ich immerzu geweint, während Lutz solche Hemmungen nicht hatte, sondern immer munter drauflos quatschte. (Ursel hat mich aber getröstet, und jetzt habe ich mich völlig an ihn gewöhnt, d. h. ich glaube, er spricht überhaupt nicht mehr so komisch!) Als wir nach Hause kamen, hat er sich erst mal ausgezogen. (Das Haus stank noch drei Tage später nach Entlausung und Russki.) Und dann hat er gefuttert! Der arme Kerl war gar nicht satt zu kriegen! Wir haben ihm immer mehr Kuchen reingestopft und Fleisch. (Wir hatten nämlich unsere sorgsam gehüteten Fleischgläser aufgemacht. Erfolg: am nächsten Tag hat Vati gräßliche Bauchschmerzen gehabt!) Die Kleinen haben sich bei der Begrüßung genauso verhalten wie wir Großen: der Ulli, der Junge, gleich ran und Kuß, aber Puppa wollte nicht recht ran, und immer, wenn Vati sie anguckte, rutschte sie ein Stückchen tiefer unter die Bettdecke. Aber als Vati sich am anderen Tag seinen schrecklich entstellenden Bart abgenommen hatte, war sie wieder ganz zutraulich. Jetzt ist uns allen, als wäre er immer da und niemals fort gewesen. Es ist wie früher! Aber eine strengere Zucht herrscht jetzt. Vati ist ziemlich peinlich geworden in der Gefangenschaft.

Natürlich ist er völlig unterernährt, hatte eine doppelseitige Lungenentzündung und ist dicht am Tode vorbeigegangen. Außerdem hat er jetzt noch eine Verschwartung, zersplitterte Kniescheibe, und, glaube ich, noch Wasser in den Füßen. Er ist schrecklich nervös. Wir danken aber Gott, daß er uns Vati überhaupt wieder nach Hause geschickt hat! ...

Deine Brigitte

Burg, den 24. 12. 47

Meine liebe Veralore!

Nachträglich wünsche ich Dir ein schönes, froh verlebtes Weihnachtsfest! Ich bin ja so froh, nun über Weihnachten nach Hause gekommen zu sein. Ach, ich habe Dir ja so viel zu erzählen! An sich geht es mir saudreckig, auf deutsch gesagt. Vorher konnte ich Dir nicht schreiben, weil ich völlig isoliert im Infektionskrankenhaus lag. Ich kann Dir bloß sagen, Kinderlähmung ist so ziemlich die schrecklichste Krankheit, die es gibt. Diese Hilflosigkeit macht mich bald verrückt. Das rechte Bein war zu Anfang vollständig gelähmt, das linke Bein war sehr schwach. Ich habe schrecklich geheult, als ich ins Krankenhaus mußte und die Schwestern mir die liebliche Aussicht eröffneten, daß ich die sechs Wochen, bis die Ansteckung vorbei ist, keinen

Besuch kriegen dürfte. Aber so schlimm war es dann doch nicht. Ich lag zu ebener Erde, da konnte ich meinen Besuch immer durchs Fenster sprechen. Herrenbesuch habe ich sogar auch oft gehabt, Hans-Martin R. kam immerzu an. Aber ich bin nun mal unsterblich: unsterblich in meinen (leider nur in Gedanken »meinen«) Hannes verliebt. Ich könnte manchmal direkt heulen vor Sehnsucht nach ihm.

25. 12. 47

… Heute kriege ich noch einmal eine Spritze. Im Krankenhaus habe ich schon 9 gehabt. Sie tun scheußlich weh, ich kann mich hinterher den ganzen Tag nicht umdrehen. Ich kriege sie nämlich in den Po. Ich werde mächtig verwöhnt. Vor Magdeburg habe ich schon ein Grauen: Vielleicht muß ich ein halbes Jahr dableiben. Hoffentlich klappt das Mitkommen in der Schule, damit ich nachher wieder in meine alte Klasse zurückkommen kann. …

Stell Dir bloß vor, in M. muß ich in die »Krüppelstation« und in Gips liegen. Eine feine Aussicht! Ach, Hauptsache, ich werde wieder gesund! Im Augenblick bin ich bloß schrecklich abgemagert. Die reinsten K.-Z.-Beine. Und der Hüftknochen steht raus wie bei einem Droschkengaul. Mutti ist immer schrecklich traurig. Sie freut sich bloß, daß ich noch so fidel bin. Ich freue mich auch, daß ich meinen Humor behalten habe. Mensch, sonst hätte ich mich schon aufgebaumelt.

Ich habe große Pläne. Wir haben über meinen Beruf gesprochen, und ich will gerne Schriftsteller werden, aber nicht nur nebenbei, sondern als Hauptberuf. Damit man mein Talent prüfen kann, soll ich nun in M. schreiben. Vielleicht zuerst eine Novelle. Zeit, Lust und Phantasie habe ich. Hoffentlich wirds was!

Ein gesundes neues Jahr mit viel Glück wünscht Dir und Deinen Eltern

Deine Brigitte

Magdeburg, den 10. 2. 48

... Mir gefällt es hier ganz gut, besonders, weil es eine Privatklinik ist und ich bloß noch mit vier jungen, teils Mädchen, teils Frauen zusammenliege. Am 12. 1. kam ich hierher, so lange lag ich noch zu Hause. Das war eine schöne Zeit. Jeden Tag kam Besuch und bedauerte mich. Dann kam ich mit dem Auto nach Magdeburg. Unser Haus, früher die Villa von Dr. W., liegt ganz einsam, ziemlich weit draußen, direkt an der alten Elbe. Vom Balkon aus haben wir einen schönen Ausblick auf das Wasser und die gegenüberliegenden Kasernen. Unser Zimmer ist ziemlich groß, sehr hell und hoch. Ich will es Dir hier mal aufzeichnen, hoffentlich findest Du Dich durch.

Es geht immer ziemlich fidel zu. Aber trotzdem kriegt man manchmal Heimweh. Mutti und Vati können mich doch bloß einmal besuchen, und Lutz oder eines von den Kleinen darf gar nicht rein, weil sie noch nicht 14 sind. Die olle Emma, die drachige Oberschwester, läßt keinen, der noch zur Schule geht, rein, weil sie findet, die schleppen Seuchen ein.

Mit mir hat es sich, Gott sei Dank, schon erheblich gebessert. Während ich zu Hause oft geheult habe wegen meiner Hilflosigkeit und nicht mal ein paar Schritte machen konnte, wenn ich mich stark zwischen Mutti und Vati hängte, gehe ich schon ein paar Schritte ganz allein. Und mit Festhalten kann ich ganz lange gehen. Ich habe aber auch eine prima Masseuse, eine sehr kräftige Natur, und die Kleinen und alle meine Verwandten haben immer so lieb für mich gebetet. ...

Viele Grüße und einen herzlichen Freundschaftskuß von

Brigitte

Burg, den 19. 3. 48

... Wir machen jetzt jeden Sonntag Spielnachmittage. (Daß ich seit Februar zu Hause bin, wußtest Du schon, was?) Wir sind bis jetzt zu fünfen gewesen, Christa, Ulla, Jürgen, Hans-Martin und ich. Hans-Martin besucht mich überhaupt oft, auch mit Jürgen. Die beiden sind primissimo! ... Durch Christa sind Ulla und ich viel mit den Jungs zusammengekommen. Zuerst waren wir zwar auch scheu und tapsig, aber so allmählich, wo wir sie näher kennengelernt haben, sind wir aufgetaut und verkehren jetzt mit ihnen wie mit unseren Freundinnen. Und das macht viel aus, wenn man immer sich ganz natürlich gibt und mit ihnen lacht und frech ist und Witze macht, als wenn man so blöde dasitzt, kein Wort sagt und nicht zu lächeln wagt. Aber nun halte mich bloß nicht für so'n kokettes Weibsbild, wie Inge oder Lisa. (Daß Lisa in Hamburg ist und bleibt, weißt Du, was?) Für uns sind die Bengels eben bloß Kameraden, mit denen man meistens mehr Ulk machen kann als mit Mädchen. Wir spielen jetzt immer Pfänderverteilen und

Küssen, das ist großartig. Einmal mußte ich mit Jürgen Kalenderblättern, kennst Du das? Man stellt sich mit dem Rücken aneinander, einer der Gesellschaft ruft: Januar, Februar u. s. w. Bei jedem Monat muß man den Kopf nach rechts oder links wenden, wie man will. So oft nun die Köpfe der beiden die gleiche Richtung haben, so oft muß man sich nachher küssen. Weil nun Jürgen und ich kein Interesse daran hatten, uns zu küssen, machten wir heimlich aus, ich sollte den Kopf zuerst nach rechts wenden. Als H.-M. nun zu rufen begann, wandte ich den Kopf nach rechts. Jürgen aber hatte sich geirrt und wandte ihn nach links, so daß die Köpfe die gleiche Richtung hatten. Wir wollten nun beim zweiten Monat den Fehler gutmachen, ich drehte mich nach links, aber J. nach rechts. So ging es immerzu, und zuletzt mußten wir uns 9 mal küssen. Die anderen hatten natürlich gemerkt, daß es unsere Absicht war, uns möglichst wenig küssen zu müssen, und johlten jedesmal los, wenn die Köpfe zusammen waren. Es war schrecklich. Das war nämlich damals das erste Mal, daß mich ein Junge küßte, und ich war furchtbar rot. Aber der Mensch gewöhnt sich an alles!

Ich bin schon immer den ganzen Tag auf und laufe rum mit meiner Schiene. Die geht zwar bloß bis zur Wade, aber ich trage immer eine Hose, damit man sie nicht sieht. Das Laufen geht schon ganz gut, wenn ich auch das rechte Bein etwas nachziehe. Bloß das Treppensteigen und -runtergehen ist mistig. Ich muß immer runterhinken wie so ein kleines Kind bloß, mit einem Bein. Nach den Osterferien gehe ich wieder zur Schule. Mal sehen, ob ich das aushalte und überhaupt schaffe. ... Ein bißchen kann ich schon wieder tanzen, langsamen Walzer und Tango, aber ohne Drehen.

Mit Herren habe ich überhaupt noch nicht wieder versucht. Weißt Du noch, wie ich früher das Tanzen verflucht habe und geschworen, es nie zu lernen? Und jetzt tue ich es doch so gerne. Auch habe ich geschworen, nicht zur Tanzstunde zu gehen. Aber den Schwur halte ich, da kanns kommen wie 70! Vielleicht wäre es mir schwer geworden, aber nun wird das Halten des Schwurs mir erleichtert, weil ich krank bin, denn die Tanzstunde fängt jetzt, am 1. wahrscheinlich, an. Hannes hat sich schon angemeldet, Christa, Ulla und die anderen tun es jetzt auch. Na, aber zum Abschlußball im Sommer gehe ich sicher. …

Viele liebe Grüße und Küsse von

Deiner Brigitte

Burg, den 30. 4. 48

Meine liebe Veralore!

Entschuldige bitte, daß ich Dich so lange vernachlässigt habe, aber inzwischen ist ja so furchtbar viel passiert! Du machtest mir im letzten Brief den Vorwurf, mein Ton wäre so kalt gewesen. Das ist mir eigentlich gar nicht zum Bewußtsein gekommen. Vielleicht bildest Du Dir das auch bloß ein. Jedenfalls habe ich Dich noch genauso lieb wie früher.

Habe ich eigentlich schon geschrieben, daß ich seit Ostern wieder zur Schule gehe? Zuerst, am ersten Tag, meine ich, war es scheußlich, als ich so wie ein kleines Kind die Treppen hoch humpeln mußte: das heißt, auch jetzt ist es noch peinlich, und ich beiße mir bald die Lippen kaputt, aber am ersten Tag haben natürlich alle so neugierig geguckt. Jetzt hat sich das schon gelegt. Die Pauker nehmen

Veralore Schwirtz, geb. Weich (1946)

Brigitte Reimann (1947)

Klassenfoto (1951)

alle Rücksicht auf mich, besonders G. ist immer so rührend besorgt um mich. Alles in allem habe ich mich schon wieder gut in den Unterricht reingefunden und auch nachgeholt, bloß in Russisch und Chemie haperts. In Russisch verstehe ich fast kein Wort, und in Chemie kann ich die dämlichen Formeln nicht. Aber das wird sich mit der Zeit wohl auch geben.

Ich bin ja so glücklich, daß ich jetzt meinen geliebten Hannes jeden Tag sehen kann. Ullas Freund, Hans-Martin, weißt Du, nennen wir Mus, das kommt von Martin, Ursel und Schulz. H. heißt Sol, das heißt lateinisch »Sonnengott«, weil Hoffi so schön ist. Jürgen heißt Salvator, weil er so stark ist. Mir ist jetzt schon ein paarmal in der Schule passiert, daß ich aus lauter Liebeskummer zu weinen angefangen habe. Wenn er wenigstens mal öfter mit mir sprechen würde! Aber ich sehe ihn immer nur aus der Ferne, und wenn ich viel Glück habe, geht er mal dicht an mir vorbei.

Ich laufe jetzt schon viel besser. Ich gehe jeden Tag in die Badeanstalt bei Karstadt, wo ich elektrisiert und massiert werde. Das Elektrisieren tut furchtbar weh, aber massieren tut der Herr L. sehr gut. Das Bein ist schon nicht mehr so eisig wie sonst.

Stell Dir vor, ich habe heute meine Tage gekriegt. Scheußlich, was? Hast Du sie schon? Ich habe mich zuerst nicht getraut, es Mutti zu sagen. Es kostete mich eine große Überwindung, zu ihr zu gehen. Aber sie hat nur ein bißchen verlegen gelächelt, und jetzt ist alles gut. Gott sei Dank!

…

Burg, den 28. 12. 48

Meine liebe Veralore!

… Du fragst, wie es mir gesundheitlich geht. Naja, so etwas unter mittelbrillant! Aber nichtsdestotrotz, ich bin munter und froh wie – u. s. w. – Wenn ich sehe, wie schrecklich meine damalige Krankenhausgefährtin humpelt, muß ich wahrhaftig Gott auf Knien danken, denn ich gehe schon wieder sehr gut. Wenn man nicht direkt scharf drauf sieht, merkt man fast nichts mehr. Trotzdem reicht's mir, kann ich Dir sagen, denn rennen kann ich natürlich gar nicht und getanzt habe ich auch erst vor ein paar Wochen das erste Mal. Es ging aber schon beinahe so wie sonst. Schwimmen kann ich schon längst wie früher. Verliebt bin ich zum Glück nicht mehr. Von dem einen Mal mit Hoffi, von dem ich sehr unglücklich wurde, habe ich noch genug!

Übrigens habe ich jetzt ein Laienspiel geschrieben, das zu unserer Schulweihnachtsfeier uraufgeführt wurde. Jawohl, Du liest richtig, *ur*aufgeführt, denn in 14 Tagen wird es wieder gespielt und außerdem schrieb die Zeitung so. Jawoll, mein holder Schwan, Du liest wieder richtig – die Zeitung schrieb nämlich tatsächlich darüber. Unser Direx, der Dr. T., hat einen Riesenkrawall um das Ding gemacht, mich als eine Dichterin gepriesen und mein Laienspiel als erstes wirkliches Laienspiel der Provinz Sachsen gekrönt. Mensch, war ich stolz! Sämtliche Pauker haben das Kind meiner Muse schwer angestaunt, T. hat vor der gesamten Penne mit Elternschaft mit seiner begabten Schülerin geprahlt. Doll, sage ich Dir! In der Zeitung bin ich wüst gelobt worden, und mein Name stand gesperrt gedruckt drin und alles so'n Mist. Das Stück hatte aber auch einen Bombenerfolg. Nach dem Fallen des Vorhangs brüllte, angefangen am Tisch der Jungs der 12. Klasse, alles: »Autor raus!« Ich war scheußlich verlegen und sträubte mich mit Händen und Füßen, aber mein alter Freund Hans-Martin und noch ein paar Jungs aus der 12. zerrten mich einfach mit Gewalt vor den Vorhang. Ich machte ein paar möglichst ungeschickte Verbeugungen und verschwand wie ein Blitz. So'n Beifall ist scheußlich – keiner allerdings noch scheußlicher! Übrigens handelt das Stück von Kameradschaft zwischen Jungs und Mädchen. Ich muß als stolzer Regisseur sagen, daß meine Schauspieler alle prima waren. …

Ich freue mich, daß es Dir gesundheitlich jetzt so gut geht. Mach weiter so! Viele herzliche Grüße und einen süßen Schmatz von

Deiner Freundin Brigitte

Burg, den 29. 12. 49

… Eigentlich habe ich, seitdem Du weg bist, außer Ulla Sch. keine rechte Freundin wieder gefunden. Du weißt – ich war schon immer Weiberfeind. Das hat sich mit den Jahren noch gesteigert. Nun kennst Du ja meine liebe Klasse – da ist es freilich kein Wunder, daß ich Mädchen nicht ausstehen kann: diese ewigen Klatschereien und Zänkereien, der Neid und das ewige Herumhacken auf mir, weil ich »unmoralisch« wäre – nein, Veralore – manchmal möchte ich wirklich das ganze Weibervolk kaltblütig abmurksen!

Aber ich habe mir seit Weihnachten geschworen, nicht mehr gar so stürmisch und temperamentvoll zu sein, nicht mehr zu fluchen und das Geklatsche in christlicher Geduld zu ertragen. Wer an diesem Schwur Schuld hat? Nun, wer anders konnte solch' einen Starrkopf wie mich schon beugen als ein Junge, den ich sehr liebhabe. Höchstwahrscheinlich wirst Du ja auch Amors Pfeilen nicht entgangen sein und mich also nicht auslachen, wenn ich Dir sage, daß meine Flamme einen so guten Einfluß auf mich ausübt. Ich hoffe, daß ich mit besagter Flamme nun endlich mal glücklich werde. Hältst Du mich auch für unmoralisch, wenn ich Dir beichte, daß ich allein in diesem Herbste drei »Verhältnisse« gehabt habe? Bei Gott – ich weiß auch nicht, aber ich habe in keinem von ihnen ein Glück gefunden, trotzdem es, vulgär ausgedrückt, alle drei »glückliche Lieben« waren. Aber es waren alle dumme Jungs, höchst albern und geradezu unwissend, trotzdem sie sämtlich von unserer Penne sind.

Und nun stell Dir vor, ausgerechnet mein größter Feind in meiner eigenen Klasse ist jetzt der – hoffentlich endgültig – Auserkorene. Es ist wirklich komisch, wie wir beide uns gefunden haben. Du kennst ihn sicher nicht – er heißt Ulrich, ist aus Ostpreußen, zwei Jahre älter als wir, ein bildhübscher und ziemlich ernster Mensch. Bisher war ich, jedenfalls nach außen hin, immer geradezu sein Gegenteil – ausgelassen, total verjazzt und direkt albern. Er ärgerte sich scheinbar ständig über mich, und ich, da ich leicht gereizt bin, gab ihm immer alles mit Zinsen zurück, so daß wir uns ewig in den Haaren lagen. Offen gesagt, tat mir das im stillen, immer leid, weil ich seit längerer Zeit sterblich in ihn verliebt war. Nun, neulich beim Klassenfest war er durch einen »Zufall« mein Tischherr, und von da ab datiert unsere – ja, wie soll ich es nennen, also: unsere Freundschaft. Da hat sich mal wieder das alte Wort bewährt: »Was sich liebt, das neckt sich.« Jeder von uns hatte seine Sympathie unter besonderer Kratzbürstigkeit versteckt.

Über dem ganzen Gerede habe ich total vergessen, was doch eigentlich die Hauptsache ist: Bist Du wieder ganz hergestellt? Hoffentlich darfst Du nun schon wieder alles richtig mitmachen! Und auch sonst: Wie geht es Deinen Eltern? Habt ihr eine gesicherte Existenz? Wie ist's bei Euch in der Schule? Wir sind bloß noch 15 Mann in der Klasse – 9 Mädchen und 6 Jungs – alles streng moralisch. Eine höchst amüsante Gesellschaft, kann ich Dir sagen! Na, ich will nicht ungerecht sein – es ist vielleicht ganz gut, daß unsere Klasse noch in dem guten Geruch der absoluten Sittenstrenge steht – mit Ausnahme der sündigen Brigitte und ihrer verworfenen Banknachbarin, der Hilde, die allerdings wirklich schon trotz ihrer 18 Jahre eine recht nette Vergangenheit hat. Aber sonst sind wir eine ausgezeichnete – aktuell ausgedrückt: »Kollektivklasse«, besonders in kultureller Beziehung. Tatsächlich – die sog. »Kultur«angelegenheiten schmeißt fast ganz alleine meine Klasse. Wir fressen zusammen manche nette Sache aus – nur wagt es manchmal »die Reimann«, alleine ihre Meinung gegen die 14 übrigen anzuschreien, und leider siegt sie auch meist dank ihres großartigen Dickkopfes, ihrer großen Schnauze und auch oft der Hilfe der Lehrer, die mich wegen meiner Rednergabe sehr schätzen. Daß diese Rednergabe auch manchmal für sie – die Pauker – etwas unangenehm werden kann, ist natürlich im höchsten Grade bedauerlich.

Merkste, daß ich Quatsch rede? Dabei wollte ich doch Ulli zuliebe sooo ernst und würdig werden! Na, ich sehe schon kommen, daß mein für diese Breiten etwas zu heißes Blut noch manches Mal gewaltig mit mir durchgehen wird.

Also, nicht wahr, Du schreibst mir auch wieder und bist mir nicht mehr böse?! – Ich schicke Dir gleich mal ein Bild mit, damit Du Dir wenigstens eine ungefähre Vorstellung von Deiner Brigitte machen kannst. Leider habe ich gerade kein anderes da – es ist einfach grausam. Ohne mir schmeicheln zu wollen – aber Du mußt Dir die ganze Fratze mal ein bißchen ins Hübsche übertragen denken. Gar so schief ist mein armes Gesicht in Wirklichkeit nicht, schielen tu ich auch grundsätzlich nur auf Fotografien.

Ich fürchte auch, ich werde nur deshalb auf Bildern meist nichts, weil im Leben meine lebhaften Farben so wirken.

Weißt Du, wie mich die Bengels in der Penne genannt haben? »Schwarzer Panther«! Der Name wird mir ewig anhängen. Brigitte nennt man mich so gut wie gar nicht mehr. Warum ausgerechnet »schwarzer Panther«? Wegen meiner Wildheit (die ich ja nun feierlichst ablege!), meiner komischen Mongolenaugen und meiner auffallend spitzen und scharfen Eckzähne, die leider wirklich ziemlich raubtierhaft wirken. Du siehst, Veralore, ich bin in Deiner Abwesenheit ein ziemliches Scheusal geworden. …

Burg, den 21. 5. 50

Meine liebe Veralore!

… Mensch, Mädel, was hast Du für ein Glück gehabt mit Deinem Buben! Der ist mir schon sympathisch, ehe ich ihn überhaupt kennengelernt habe. Weißt Du was? – Ihr müßt mich beide im Sommer besuchen. Unsere ganze Familie fährt in die Ferien nach Berlin an irgendeinen See, wo uns ein Wochenendhaus zur Verfügung gestellt worden ist. Bloß ich armes Tierchen muß zu Hause bleiben (ehrlich gesagt: ich bleibe sehr gerne!) und habe dann die ganze Wohnung für mich alleine. Wenn Ihr beide dann hier anrückt und ich hole meinen Klaus noch dazu, dann machen wir einen prächtigen Junggesellenhaushalt auf. Stell Dir bloß mal vor – das wäre doch *die* Maßnahme!

Apropos Klaus: mein neuer Freund. D.h. »neu« ist leicht übertrieben, denn ich habe ihn schon ein ganzes Vierteljahr, was mich mit großer Ehrfurcht vor mir selber erfüllt, denn sonst habe ich es mit einem Jungen nie länger als einen Monat ausgehalten. Natürlich – ganz treu bin ich auch nicht. Ab und zu mache ich mal einen kleinen Seitensprung, habe ihm auch schon dreimal den Abschied gegeben. Aber ich konnte es doch nie übers Herz bringen, ihn ganz zu verstoßen, denn ich bin nun mal seine große Liebe, und so was sitzt verdammt tief (das kenne ich noch aus meiner eigenen Jugendzeit!). Es wäre furchtbar für ihn, wenn ich mit ihm Schluß machen würde. Einmal hat er in seiner Verzweiflung schon Spalt-Tabletten gefuttert und sich schwer den Magen verkorkst. Eigentlich ist er genau das Gegenteil von mir: sehr groß, fabelhafte Figur, blondlockig, blauäugig – also Typ Nordmensch. Übrigens sind wir gleichaltrig.

Weißt Du, als Du mir da Deine Körpermaße geschrieben hast, habe ich einen leichten Schlaganfall gekriegt. Dich muß man ja mit einer Hand umspannen können! Da müßtest Du mich mal sehen. Ich bin mächtig üppig geworden, also sagen wir mal höflich: vollschlank. Mein einziger Trost ist, daß ich wenigstens richtig proportioniert bin. Außerdem gefalle ich Klaus so, und das ist die Hauptsache.

Noch eine nette Entdeckung haben wir gemacht: Ich bin ein Halbblut, d.h. ich habe Mongoleneinschlag. Das war schon lange eine Vermutung in der Familie gewesen, aber jetzt ist es endlich einwandfrei bewiesen. Den Urheber haben wir auch schon festgestellt – einen asiatischen Seitensprung vor etlichen Generationen, dessen Erbteil jetzt bei mir mal wieder durchgebrochen ist.

Seltsam – ich freue mich darüber. Warum eigentlich? Vielleicht, weil dieser fremde Einfluß eine so schöne und einleuchtende Erklärung für mein verrücktes Wesen ist?!

Ach so, über meinen Gesundheitszustand sollte ich Dir ja auch berichten. Also, augenblicklich geht es mir glänzend. Ich hinke leider noch etwas – je nach Laune oder Wetter, von dem meine Stimmung sowieso immer abhängt. Viele Leute, die nichts von meiner Krankheit wissen, merken es erst nach längerer Zeit des Zusammenseins, andere sehen es freilich gleich – das ist dann meist bei Regenwetter, wenn ich wütend oder müde bin. Die meisten denken, ich hätte mir den Fuß verknaxt. So stehts. Jedenfalls aber kann ich schwimmen, tanzen und Rad fahren wie einst im Mai. – Wie aber geht es Dir körperlich, Veralore? Du warst doch auch immer so traurig, daß Du nicht alles mitmachen konntest. Darfst Du wieder richtig baden etc.?

Manchmal könnte ich Euch da drüben ein bißchen beneiden – aber eben auch nur manchmal, z. B. wenn einem die Arbeit mal wieder so richtig über dem Kopf zusammenschlägt. Menschenskind, wenn Du wüßtest, wie hier bei uns gearbeitet wird! Aber wir schaffens, verlaß Dich drauf! Ich persönlich stürze mich von einer Funktion in die andere. Augenblicklich bin ich Werbeleiterin bei uns an der Schule und gehöre somit zur »Prominenz« der Schule. Außerdem bin ich Gruppenleiterin meiner Klasse, Redakteur an der Wandzeitung (Klaus ist Chefredakteur und also auch »Prominenz«). Das ist im Rahmen der F.D.J., aber ganz außerdem bin ich »erster Mann im Staat«, nämlich insofern, als ich den ehrenvollen Posten eines »1. Vorsitzenden der Betriebsgruppe der Gesellschaft für Deutsch-Sowjetische Freundschaft an der Geschwister-Scholl-Oberschule« – ziemlich langer Titel, nicht wahr? – bekleide. Aber ich bin doch sehr stolz darauf, denn er ist mit zwei Jahren Arbeit und Lernen erkauft. Seht Ihr, und das haben wir wieder vor Euch voraus! Wir sehen wenigstens, was wir hinter uns gebracht haben und wissen, daß das die Arbeit wert war.

Eigentlich kann ich Dir kaum noch aus unserem Schulalltag erzählen, denn der besteht zum größten Teil nur noch aus F.D.J.-Arbeit. Denn schließlich – Lernen und Schularbeiten sind ja auch eine unserer Aufgaben in der Reihe der vielen zu erfüllenden Pflichten. Mensch, Du würdest Bauklötze staunen, wenn ich Dich jetzt mal mit »termini technici« aus meinem Fachgebiet bewerfen würde, als da sind: Agitationsaktiv, Diskussionsredner, ideologische Aufklärung etc. Also, ehrlich gesagt, wir sind in der F.D.J. aufgefordert worden, in Briefen an westliche Freunde und Verwandte besagte »ideologische Aufklärung« zu treiben, um weiterhin das Lager der Demokratie zu stärken. Aber bei Euch weiß man ja gar nicht mal, ob Ihr überhaupt die F.D.J. kennt u. s. w. Z. B. hatten Bekannte von uns neulich westlichen Besuch, einen 16jährigen Jungen, auf den Lutz und ich uns in wildem Agitationseifer stürzten. Tja, aber leider waren bei dem guten Jungen die einfachsten Grundbegriffe nicht vorhanden, und, statt zu diskutieren, hat er die Zeit benutzt, sich in mich zu verknallen. Das war ja nun auch nicht der Zweck der Übung.

Aber, Veralorchen, krieg bloß keinen Schreck – ich will Dich heute noch nicht aufklären. Aber im Ernst: beschäftige

Dich ruhig mal mit unseren Zielen – lernen kannst Du dabei auf jeden Fall! Fährt eigentlich jemand von Euch mit zum Deutschlandtreffen? Ich möchte so schrecklich gerne mit, aber ich werde das lange Marschieren wohl nicht durchhalten können. Toll wird das, kann ich Dir sagen: Schade, daß soviel dagegen gehetzt wird! Gerade Ihr da drüben könnt gar nicht ermessen, was für ein Quatsch den armen Eltern da im Rias manchmal aufgetischt wird! Und das Schlimmste ist – viele glauben es. Wenn ich schon an die mehr als alberne Behauptung denke, das Ergebnis des III. Parlaments 1949 in Leipzig wären »Hunderte von unehelichen Kindern« gewesen. Als wenn die F.D.J. die Amme irgendwelcher leichtsinniger Frauenzimmer wäre, die schließlich die Konsequenzen aus ihrem disziplinlosen Verhalten selbst ziehen müssen. Außerdem haben sich diese »Hunderte von unehelichen Müttern« höchst verfassungswidrig benommen, denn der Artikel 21h im Abschnitt IV der Verfassung, »Rechte und Pflichten des F.D.J.lers«, sagt ausdrücklich: »Er sollte gute moralische Qualitäten, wie *Kameradschaftlichkeit,* Hilfsbereitschaft, Höflichkeit u. s. w. sowie *gesunde und saubere Beziehungen zwischen Jungen und Mädchen* zum innersten Gesetz seiner Handlungen machen«. Da staunste, was? Ich habe aber auch erst kürzlich einen Zirkel zum Studium unserer Verfassung erfolgreich beendet.

Ja, meine Vera, das ist der »schwarze Panther« mal von der anderen und wahrscheinlich besseren Seite. Jedenfalls verderben die vielen Amouren den Charakter mehr als Politik.

Nun aber Schluß! Sei mir nicht böse wegen dieses Überfalls auf Dein politisch noch nicht angekränkeltes Mädchenherz. Schreibe mir lieber bald wieder, o. k.?

Deine Brigitte

Burg, den 13. 6. 50

Meine liebe Veralore!

Dein Brief hat mich wirklich so ergriffen, daß ich es trotz meiner ungeheuren Arbeitsüberlastung fertig gebracht habe, mich bereits am 1. Tag nach Empfang des Briefes zur Antwort aufzuraffen. Mensch, Mädel, ich kann Deinen Kummer ja nur zu gut verstehen. Wie oft ist es mir nicht schon ähnlich gegangen! Dann habe ich die ganze Welt verflucht und war mehr als einmal fast entschlossen, Selbstmord zu begehen. Ich hab's aber immer gelassen, Gott sei Dank! Bitte, halte mich nicht etwa für leichtsinnig, wenn ich Dir hier meine, vielleicht zuerst etwas komisch anmutenden Theorien entwickele. Ich persönlich habe mich zu folgender »Weisheit letztem Schluß« durchgerungen: Nur nicht aus Liebe weinen – u. s. w. – Nun, Du kennst ja das Lied. Oder noch besser: überhaupt sein Herz an keinen Menschen hängen. Entweder machst Du Dich damit unglücklich, oder, falls Dich der andere auch liebt, machst Du eines Tages eben den bewußten anderen unglücklich. Denn schließlich – was wir in unserem Alter jetzt »verlieben« oder romantisch »Liebe« nennen, ist doch nichts als Spielerei – Kinderei.

Ähnlich geht es mir jetzt mit meinem Klaus. In den vier Monaten unserer Freundschaft habe ich ihn schon mehr als einmal betrogen. Nun, d. h. »betrogen« ist vielleicht etwas stark ausgedrückt, aber halt so kleine Seitensprünge – na, Du verstehst.

Ich bin nun freilich auch ein ganz anderer Mensch als Du, so daß wir da gar keine Parallelen ziehen können. Ich kann einfach nicht treu sein. Schon das geringste Gefühl eines Gebundenseins stachelt mich zu einer Auflehnung gegen diese Bindung auf. Ich bin sehr schnell entflammt – wohlgemerkt: entflammt, nicht verliebt –, und Klaus war bisher großzügig genug, meinen Extravaganzen kein sonderliches Hindernis in den Weg zu legen. Aber in letzter Zeit ist eben doch eine ziemliche Verstimmung zwischen uns, weil ich mich – lache mich, bitte, nicht gar zu sehr aus, Veralore! – gleich in vier Jungen auf einmal verknallt habe. Das drolligste ist, die vier sind Freunde, alle prachtvolle Kerle und ebenso alle in mich verknallt – und doch kann ich mich für keinen entscheiden. So stehe ich jetzt recht hilflos zwischen fünf »Männern«, aber unglücklich oder auch nur gedrückt fühle ich mich nie. Ich genieße das Leben, wo ich kann – bis es mich, entgegen all' meinen Vorsätzen, doch wieder mal richtig packt.

Verzeih, Veralore, daß ich mich hier so albern und ausführlich über meine Privatangelegenheiten ausgelassen habe. Eigentlich wollte ich Dir nur den einen Rat geben: nicht nachdenken, hineingreifen ins volle Menschenleben und Dein etwas schweres, nordisches Blut mal etwas aufpulvern durch einen kleinen, kecken Schuß Lebensfreude und – vielleicht ein bißchen Oberflächlichkeit. Oberflächlichkeit natürlich nur in puncto Eros und vor allem nur jetzt, in Deiner jüngsten Jugend. Du darfst mich nicht falsch verstehen – ich lehne jedes Leben in der Form ab, die man hier bei uns als richtig »leichtsinnig« bezeichnet, und ich habe mir einige Gesetze aufgestellt, die ich nie verletzen werde, wohlgemerkt – bis zu etwa 20–22 Jahren. Oder nein, auf eine Jahresgrenze kann man sich da nicht festlegen. Sagen wir also: bis eben eines Tages mal das Kind-Sein aufhört, denn Kind ist man schließlich doch so lange, bis das Große ins Leben tritt, das nur von einem Menschen ausgehen kann, von dem man wirklich weiß: das ist der Mensch, den Du lieben kannst. Nebenbei kannst und darfst Du Dich in 1 000 andere verlieben – das wird dem stärksten Gefühl da keinen Abbruch tun.

Ach, weißt Du, ich spinne mal wieder. Kein Mensch kann einem anderen Menschen Ratschläge geben, wenn es sich um Herzensangelegenheiten handelt. Ja, er kann ihn nicht einmal trösten, selbst dann nicht, wenn er das gleiche wie der Trostbedürftige empfindet. Damit muß jeder Mensch alleine fertig werden, und schließlich bleibt als einzige Regel, als Quintessenz des ganzen Geredes doch nur zweierlei: Das Gefühl ist stärker als alle Theorien, als jedes Lebensmotto, und endlich das größte, schönste und schwerste: »Immer nur lächeln«. Ehrlich gesagt – ich kann es auch nicht immer, obwohl ich es übe, wo ich nur Gelegenheit habe – und die hat man ja eigentlich immer. Meist geht doch das Temperament mit mir durch und verleitet mich zu wahnsinnigen Wut- oder Schmerzausbrüchen, die mir hinterher doch wieder leid tun.

Eben komme ich von meinem Literaturzirkel im Klubhaus. Es ist zwar schon 12 Uhr (nachts), aber ich möchte den Brief doch noch fertig schreiben, denn morgen habe ich eine Tagung von der Gesellschaft für Deutsch-Sowjetische Freundschaft (ich bin doch 1. Vorsitzende an der Schule), und da ist wieder ein ganzer Tag futsch. Weiß Gott, zum Schularbeitenmachen komme ich tagsüber gar nicht mehr. Wenn Du meinen Tageslauf kenntest! Ich stehe jeden Morgen pünktlich um 5 auf (das ist nicht schlimm, erfordert nur einige Übung!) und mache meine Schularbeiten. Dann kommen sechs Stunden Schule. Um 1 Uhr wird schleunigst das Essen runtergeschlungen und

– heidi, auf geht's wieder – zum Klubhaus, zu Sitzungen, zum F.D.J.-Heim, zu Zirkeln und weiß der Teufel, was man noch so tut. Abends um halb acht tauche ich kurz zu Hause auf, esse Abendbrot und gehe wieder ins Klubhaus, denn wir haben täglich Zirkel – für Literatur, Geographie, Politik u.s.w. Um 11 bin ich wieder da, schreibe noch etwas, lese (aber auch keine Unterhaltungslektüre) und gehe schließlich um 12 oder gar um 1 zu Bett. Man mag zu dieser Lebensweise sagen, was man will – aber abnehmen tut man dabei auf jeden Fall!

Was Du von der Politik sagst, hat mir großartig gefallen. Ich habe tatsächlich höchst unsachlich gesponnen und bin in der Phrasenmanier, die mir sowieso leider sehr liegt, nicht objektiv geblieben, sondern habe »genöhlt«, wie mein alter Freund Egon das nennt. Ich muß leider Schluß machen, aber nächstes Mal möchte ich gerne mal ganz klar und schlicht mit Dir über die aufgeworfenen Probleme diskutieren. O. k.?

Übrigens – da es ja nun doch ein absoluter Privatbrief geworden ist – eben habe ich gleich zwei Liebesgeständnisse von zwei der bewußten vier Flammen zu hören gekriegt. Entsetzlich! Jetzt fühle ich mich wie in einem Netz, das mir immer enger um den Kopf gelegt wird. Ach bah, tragen wir die Sache mit Humor! Und nun, meine liebe Veralore, sei nicht mehr gar zu traurig wegen G. und sei ganz lieb gegrüßt von Deiner

Brigitte

Habe ich Dir übrigens schon geschrieben, daß ich bei einem Ideenwettbewerb für Laienspiele von der Volksbühne der DDR den 1. Preis mit 300 Mark bekommen habe? Am

Montag muß ich nach Halle fahren und mich der Landesregierung vorstellen, weil man mir die Ausarbeitung eines Laienspieles übertragen will. Ich freue mich blödsinnig.

Burg, den 7. 7. 50

Meine liebe Veralore!

Um gleich auf das Ende Deines Briefes einzugehen: Deine Vorliebe für Jazzmusik kann ich absolut nicht ablehnen, weil ich selbst passionierter Jazzfreund bin. In der Beziehung werden wir bestimmt bestens harmonieren, denn trotz meiner sonst östlichen Einstellung höre ich furchtbar gerne Jazzmusik und bin auch vom rein wissenschaftlichen, theoretischen Standpunkt aus in dieser Beziehung ziemlich »gebildet«.

Aber weißt Du, was mir an Deinem Briefe absolut nicht gefallen will: daß Du erst am 24. kommen willst. Das ist doch viel zu spät! Erstens mußt Du schon zu meinem Geburtstag am 21. da sein, zweitens ist am 22. großer Abiturientenabschlußball, den Du nicht versäumen darfst. Dabei wird auch ein großes Stegreifspiel starten, in dem unsere Freunde in einer kleinen Rahmenhandlung über ihre Eindrücke vom Deutschlandtreffen erzählen. Hoffentlich wird's was! Und dann: Am 24. ist bei uns schon Schulschluß. Da hast Du dann ja gar keine Gelegenheit mehr, die prächtigen Kerls bei uns in der Schule kennenzulernen. Vor allem unsere Ilse, von der Du bestimmt auch hell begeistert sein wirst. Sie ist Latein- und Geschichtslehrerin, und wir sagen alle »Du« und »Ilse« zu ihr. Denn sie ist noch ganz jung und auch F.D.J.lerin: Aber trotz ihrer Jugend ist sie kolossal gebildet und vor allem ein prachtvoller Kamerad, der uns Schüler als gleichberechtigt behandelt und ohne den unsere F.D.J.-Arbeit wohl bald pleite gehen würde. Heute habe ich mich wieder den ganzen Nachmittag mit ihr unterhalten – über meine Klasse, in der die Hälfte sitzenbleibt. Das Abi war dieses Jahr nämlich haarsträubend (genau ein Drittel ist durchgerauscht), und damit im nächsten Jahr nicht ähnliches geschieht, wird jetzt von der 11.–12. Klasse schwer gesäubert. Bei dieser Unterhaltung sind wir auch auf Dich zu sprechen gekommen. Und damit komme ich auf den traurigen Kernpunkt meines Briefes: Es gibt im Osten keine Aufenthaltsbescheinigungen für Westleute mehr. Nix zu maxen: Auf alle Argumente, mit denen Du gegen Polizei- und Wohnungsamt Sturm läufst, kriegst Du bloß zu hören: »Neue Bestimmung – nichts zu ändern!« Ich war abwechselnd tiefgekränkt und wütend über diese Bürokratie und habe Ilse mein Leid geklagt. Sie hat, hilfsbereit wie immer, sich bereit erklärt, Dir zu einer Aufenthaltsgenehmigung zu verhelfen und zwar über unsere F.D.J. Morgen früh wird sie dem Kreisvorstand auf die Hühneraugen treten, mit dem Zusatz: Du seist ein an unserer Arbeit höchst interessiertes Mädel, das uns und den Osten mal richtig kennenlernen möchte. Wenn unsere Leute dann noch nicht spuren – – Aber ich werde es schon durchdrücken, denn daß Du schwarz über die Grenze gehst, werden Deine Eltern sicher nicht gerne zugeben. Für heute mal Schluß, jetzt warte ich erst mal den Bescheid des Kreisvorstands ab. Aber wehe, wenn Du nicht spätestens zum 18.–20. kommst!

B., 12. 7. 50

Meine liebe Veralore!

Eine furchtbare Enttäuschung muß ich Dir bereiten: Wir sind von Pontius zu Pilatus gelaufen – und haben beim besten Willen keine Aufenthaltsgenehmigung für Dich bekommen. Die F.D.J. hatte zwar auch das anerkennenswerte Bestreben, Dir eine zu beschaffen, aber gegen diese neue DDR-Bestimmung kommt auch sie nicht an. Seit dem Korea-Konflikt sind sehr harte Anweisungen herausgekommen, die, und das ist der Punkt, der Dich am meisten treffen wird, z. B. auch vorsehen, daß jeder Westbesuch 1. an der Grenze 15 WM 1:1 umtauschen und später, wenn er länger als 5 Tage in der Ostzone weilt, noch einmal mindestens 75 WM im Verhältnis 1:1 umtauschen muß. Ich habe wahnsinnig geflucht und in der F.D.J. mir beinahe den Mund verbrannt, aber dann hat man mir klargemacht, wozu diese Bestimmungen rausgekommen sind: Bisher sind immer Westler hierher gekommen, haben den minderbemittelten Ostlern die schönsten Ferienplätze weggeschnappt und natürlich mit ihrem Gelde bei dem Kurs 1:6 bestens gelebt. Nun, Du mußt zugeben, daß also eine derart harte Anweisung im Prinzip ganz richtig ist. Aber den einzelnen trifft sie oft schwer. Daß wir nun gerade diese einzelnen sind, ist – verzeih den Ausdruck – zum Kotzen. Mensch, Veralorchen, was machen wir bloß? Ich bin so schrecklich enttäuscht! Werden denn Deine Eltern unter diesen Umständen Deinen Besuch hier erlauben? 1. werden sie einem jungen Mädchen den schwarzen Grenzübergang nicht erlauben, und 2. werden sie Dir wohl kaum so viel zum Umtausch erforderliches Geld mitgeben können.

Ach, es ist zum Verzweifeln! Ich bin mal wieder beinahe

an unserer Politik irre gemacht worden. Warum erlaubt man den Westdeutschen denn bloß keinen Besuch hier? Schließlich sind wir doch alle Deutsche, und nicht jeder Westzonler ist ein Schieber und Provokateur und weiß der Teufel, was alles.

Was sollen wir bloß tun? Bitte, bitte, Veralore, sei mir nicht böse – ich habe wirklich alle Hebel in Bewegung gesetzt – bloß an unseren Präsidenten habe ich nicht geschrieben. Das wäre der letzte, vielleicht sicherste, bestimmt aber auch der dümmste Schritt gewesen. Warum, muß ich Dir andermal erklären.

Aber vielleicht darfst Du doch! Bitte, schreibe mir gleich, was nun eigentlich wird. Ich bin erschlagen –

Viele herzliche Grüße von Deiner tiefgeknickten

Brigitte

Burg, den 19. 7. 50

Meine liebe Veralore!

Eben kommt Dein Telegramm in meine schlechte Laune reingeplatzt. Mensch, Mädchen – hast Du denn meinen Brief nicht bekommen, in dem ich Dir schrieb, daß es 1. in der DDR keine Aufenthaltsgenehmigungen für Westdeutsche mehr gibt, und daß 2. jeder, der dennoch 'rüber kommt, an der Grenze 15 WM 1:1 umtauschen und nachher, wenn er länger als 5 Tage hier wohnt, mindestens 75 WM, ebenfalls 1:1, umtauschen muß? Ich habe Dir doch auch die Gründe auseinandergesetzt, weshalb man diese unumgängliche Bestimmung herausgegeben hat, und daß mir nicht einmal der Kreisvorstand F.D.J. helfen kann.

Deshalb verstehe ich Dein Telegramm gar nicht. Wollen

Deine Eltern denn tatsächlich erlauben, daß Du schwarz über die Grenze gehst und hier – soviel Geld zu so ungünstigen Bedingungen umtauschst?

Ich kann mir das nicht anders erklären, als daß Ihr, selbst wenn Ihr meinen Brief bekommen habt, Euch nicht darüber klar seid, was diese Bestimmung in unserer Republik bedeutet. Eventuell ist mein Brief auch abgefangen worden, weil ich (was sonst eigentlich nicht meine Gewohnheit ist) in nicht sehr liebenswürdigen Ausdrücken über jene verhängnisvolle Anordnung gesprochen habe. Letzteres kann ich nur mit meiner heillosen Wut entschuldigen, denn ich billige besagte Anordnung zwar im Prinzip voll und ganz, bin aber doch egoistisch genug, mich, wenn sie mich persönlich betrifft, furchtbar darüber zu ärgern.

Also – »Was tun?« sprach Zeus. Antworte, bitte, schleunigst – ich stehe vor einem Rätsel!

P. S. Habe ich Dir eigentlich schon erzählt, daß die Zeitungen über ein gewisses junges Nachwuchstalent berichteten, von dem man sich allerlei verspricht und dessen Förderung die Landeskulturleitung in die Hand genommen hat? Selbiges entdeckte »Talent« heißt Brigitte Reimann aus Burg. Nett, was?

Mit herzlichen Grüßen

Deine Brigitte

Burg, den 29. 7. 50

Meine liebe Veralore!

Heute vormittag erhielt ich Deine Karte, die mir endgültig den Rest gab. Eigentlich war es ja zu erwarten, und ich hatte mich schon fast damit abgefunden, daß Deine Eltern unter den vorliegenden Umständen Deinen Grenzübergang nicht gestatten würden, aber – »noch am Grabe pflanzt er die Hoffnung auf« – ich hatte immer noch ein Fünkchen Hoffnung gehegt, es möchte vielleicht trotz aller Schwierigkeiten in Ordnung gehen. Morgen fährt nun meine ganze Familie fort und ich bleibe für 2–3 Wochen ganz alleine. Stell Dir das bloß mal illustriert vor! Ich graule mich tot in der Wohnung – so allein. Wenn Du bloß da wärest! Ich habe zwar mein Kläuschen noch, aber auch bloß inoffiziell. Ich habe nämlich meinen Eltern vorgeschwindelt, er führe auch weg. Sonst dürfte ich nämlich nicht alleine zu Hause bleiben, weil sie fürchten, ich könnte ihn mal mit in die Wohnung nehmen. Und das wäre natürlich ein unverzeihliches Kapitalverbrechen!

So müssen wir also lügen, um uns mal eine kleine Zusammenkunft zu erschleichen. Wenn ich ihn nun wirklich mal in die Wohnung bringe, müssen wir verdammt auf der Hut sein, daß Oma nichts merkt, die auch mit im Hause wohnt und nicht fortfährt. Wenn sie was spitzkriegt, »kracht's im Karton« – wie der Burger sagt. Mensch, Veralore, findest Du es eigentlich auch so unmoralisch und lebensgefährlich, wenn Du mal mit Deinem Freund alleine bist? Meine alten Herrschaften (pfui, dieser frivole Ton!) finden es jedenfalls.

Außerdem ist es etwas peinlich, daß der dumme Brief, ausgerechnet *der*, durch die Zensur gehen mußte! Wenn ich mich recht erinnere, habe ich mich nicht übermäßig liebenswürdig über diese dreimalverdammte Anordnung ausgesprochen. Übrigens – mit diesem Koreakonflikt haben wir persönlich keine Sorge. Jedenfalls wird es bei uns in Mitteleuropa wohl kaum schon in nächster Zeit eine Resonanz auf diese Ereignisse geben. Jedenfalls schicken wir unseren Lutz nächste Woche nach Aachen.

Und nun noch eins, das ich beileibe nicht wieder vergessen darf. Unsere Schule sucht krampfhaft eine Oberschule in Westdeutschland, um mit ihr in Briefwechsel zu treten. Da habe ich an Euch gedacht. Bei Euch fängt doch die Penne jetzt schon wieder an – könntest Du da nicht einmal diese Sache ansprechen? Es liegt mir wirklich sehr am Herzen, für meine Kameraden ein paar westliche Briefwechselfreunde zu ergattern. Wir stellen uns das beinahe so interessant vor wie eine Korrespondenz mit sowjetischen und chinesischen Jugendlichen, die für uns jetzt vermittelt wird. Darauf freue ich mich schon blödsinnig. Vielleicht erinnerst Du Dich noch meines großen Fernwehs, meiner Sehnsucht besonders nach asiatischen Völkern, abgesehen davon, daß uns ja schließlich auch gemeinsame Interessen mit diesen Menschen verbinden. Entschuldige – ich weiß, Du liebst keine Phrasen, aber es ist nun einmal eine Tatsache, daß wir, obwohl selbst erst auf dem Wege zum Sozialismus, doch das gleiche Ziel haben wie die sozialistischen Völker der Welt.

Aber schließlich will ich Dir hier keinen Vortrag halten, sondern Dich nochmals wärmstens mahnen, ja nicht die Korrespondenzgeschichte zu versäumen. Bei Euch haben sicher viele Leute Interesse, und wenn es bloß wäre, um mal die »armen, kleinen, verhungerten Ostzonalen«, wie uns der liebenswürdige Herr Reuter beim Pfingsttreffen nannte, kennenzulernen.

Übrigens habe ich eine tolle Idee – ich will versuchen, jetzt mal ein richtiges kleines Drama zu schreiben. Stichwort: John Brown, der »Negerheiland«. Klar, habt Ihr gehabt in Geschichte; siehe Abolitionistenbewegungen a. s. o. (a.s.o. sollte »and so on« heißen, aber eben fällt mir ein, daß der Engländer das ja »etc.« abkürzt. Na, ich meine – wir haben ja auch immerhin schon eine ganze Woche Ferien!!!).

Sei nicht mehr gar zu traurig, Lorchen! Geteiltes Leid ist halbes Leid – vielleicht ist es Dir ein Trost, daß ich mich genauso wie Du ärgere und gräme. Vielleicht ist im nächsten Jahr alles anders – dann kannst Du bestimmt zu mir kommen!

Nun sei recht herzlich gegrüßt von

Deiner Brigitte

Burg, den 3. 8. 50

Meine liebe Veralore!

Wenn ich Dir jetzt recht herzlich danke für Deinen lieben Brief, der mir gestern ins Haus flatterte, so ist das nicht die übliche Höflichkeitsphrase, mit der man gewöhnlich seine Briefe beginnt, um überhaupt einen Anfang zu finden, sondern ich danke Dir wirklich, denn Du hast mir, was wenige Menschen tun, einen Blick in Deine Seele gestattet – und das macht mich zugleich stolz und glücklich. Um es gleich zu sagen – denke um Gottes willen nicht, weil ich nun Kommunist bin oder es zu sein mir einbilde, wäre es mir nun nicht mehr möglich, mit einem Menschen anderer Weltanschauung so richtig, wie Du Dich ausdrückst, »von Mensch zu Mensch« sprechen zu können. Ich habe fast das Gefühl, Du glaubst, ein politischer Mensch könne überhaupt keine Seele haben. Ach, das ist ja das große Problem, vor dem ich und sicher auch viele andere Menschen stehen

– die Frage: hat der Staat, das System, die Weltanschauung, oder wie Du es nun nennen willst, ein Recht auch auf das, was wir »Seele« nennen? Glaube mir, ich habe mir mein Restchen Privatseele bewahrt und werde es auch in Zukunft bewahren, denn ganz wird man trotz materialistischer Lebensauffassung diesen Gefühlsregulator (entschuldige dieses scheußlich nüchterne Wort!) nicht ausschalten können, solange es drei Dinge gibt, die mir, wie Kant das ausdrückt, »das Gemüt immer wieder mit neuer und zunehmender Bewunderung und Ehrfurcht erfüllen, je öfter und anhaltender sich das Nachdenken damit beschäftigt«: Liebe, Sonne und Natur. Vielleicht sollte man Sonne und Natur nicht trennen – jedenfalls wären Naturwissenschaftler gewiß dieser Ansicht – aber für mich sind Sonnensehnsucht und Naturliebe doch noch etwas anderes. Eine glitzernde Schneelandschaft ist auch etwas Wunderschönes, und doch sehne ich mich bei ihrem Anblick nach der Sonne – Tropensonne, weißt Du. Aber Du mußt verstehen, warum ich glaube, daß diese drei Dinge die Menschheit vor »Vermassung«, »Vermaterialisierung« u.s.w. schützen werden. Weißt Du – wenn ich frühmorgens um halb sieben zum Baden fahre, muß ich immer durch den Flickschu-Park, an den Du Dich vielleicht auch noch erinnerst. Dann muß ich immer an Werthers Worte denken: »Wenn das liebe Tal um mich dampft – « So ähnlich ist das. Die ungeheuren Eichen wölben sich wie ein grüner Dom, in dessen Kuppel die Sonne unzählige goldene Funken wie Kerzenflammen verstreut hat. Der See liegt ganz still – nur sacht überglitzert von den ersten Strahlen der Morgensonne; in den Trauerweiden piepen ein paar verschlafene Vögelchen – und über allem liegt in unendlich feierlicher Stille ein silberner

Morgennebel wie ein ganz feiner Schleier. Warum ich Dir das alles so genau erzähle? Damit Du vielleicht die Gefühle verstehen kannst, die mich in solchen Augenblicken bewegen – die Ehrfurcht, der Glaube an etwas Göttliches, das ich nicht im Katechismus und nicht in der Bibel finde. Das, vor dem ich in diesen Momenten beten möchte, ist nicht der Christengott, von dem man uns in der Pastorstunde erzählt hat. An den glaube ich nicht mehr. Wer mit offenen Augen das Elend sieht, das seit Jahrtausenden über der Menschheit liegt, der kann nicht mehr an einen »Gott der Liebe« glauben. Ich persönlich habe vielleicht kein Recht, so zu sprechen, obwohl er mich in den schwersten Stunden meines Lebens auch verlassen und mir mein ursprünglicher Kinderglaube auch nicht geholfen hat, aber denk nur mal, welch entsetzliche Dinge allein im letzten Kriege geschehen sind. Als da Tausende unschuldiger Kinder verbrannt, verstümmelt, grauenvoll hingemartert worden sind – in Bombennächten, KZs u.s.w. – da hat kein Gott seine Schutzengel ausgeschickt. Und komme mir bloß keiner mit der Phrase: Wen Gott lieb hat, den züchtigt er! Ah bah, wenn ich einen Menschen liebe, so kann ich den nicht zu meinen Füßen sterben sehen und ein unergründliches, allwissendes Lächeln auf den Lippen haben.

Auch dem Punkt 1, der Liebe, stehe ich schon etwas skeptisch gegenüber. Im Grunde ist sie doch bloß ein biologischer Prozeß. Das klingt banal, ja roh, aber überlege einmal: Ist die ganze Liebe nicht eigentlich geradezu tierisch? Natürlich noch nicht unsere kleinen, dummen Liebeleien, obwohl ich auch da schon eine Ahnung von der manchmal ekelhaften Natürlichkeit des Ganzen gekriegt habe. Ich bin, das sage ich Dir ehrlich (meine Eltern würden mich 'rausschmeißen, wenn sie's wüßten), mit meinem Klaus auch schon weiter als nötig. Wenn Du wüßtest, wie oft es bei uns so weit war, daß wir dachten, es würde endlich mit unserer letzten Beherrschung aus sein! Ich bin jetzt mit ihm schon ein halbes Jahr zusammen, da bleibt das gar nicht aus. Es ist oft eine entsetzliche Qual, wenn wir vorm letzten Schritt stehen und uns doch mit äußerster Anstrengung zurückreißen mit diesem furchtbaren Wort: »Du darfst nicht!« Dürfen, dürfen! Veralore, Mädchen, kannst Du das nachfühlen, was es heißt, von der Sinnlosigkeit eines solchen Wortes überzeugt sein und dennoch danach handeln zu müssen? Vielleicht wird es Dich im Gedenken an Deinen eigenen Kummer ein bißchen interessieren, wie die Freundschaft zwischen mir und Klaus zustande gekommen ist. Ich hatte Dir doch damals nach Weihnachten von meiner Flamme Ulli geschrieben. Nun, diese Flamme hat mich schwer enttäuscht. Ich weiß, daß Ulli mich gern hatte, vielleicht sogar lieb hatte und noch heute hat, aber er ist kein Gefühlsmensch, kann nicht über sein Empfinden sprechen und verdeckt alles mit dem Mantel kalter Ironie. Das konnte ich, die ich mein Herz – leider! – immer auf der Zunge trage, einfach nicht aushalten. Weiß Gott – ich habe ihn geradezu leidenschaftlich geliebt – und habe doch Schluß gemacht, um nicht an ihm kaputtzugehen! Weißt du, was das schlimmste bei der ganzen Sache war? – Daß ich einfach keinen Ehrgeiz mehr hatte, daß ich mein Ziel, Schriftstellerin, berühmt zu werden, aufzugeben bereit war oder sogar schon aufgegeben hatte, wenn nur er bei mir war. Ich dachte an nichts anderes mehr als an unser nächstes Wiedersehen, gab große politische Chancen auf, weil *er* dagegen und völlig unpolitisch war, ja verstieß sogar einen

Menschen um seinetwillen, der mir noch einmal mehr als ein Freund hätte werden können. Deshalb gab ich ihm eines Tages den Abschied und »nahm« Klaus, den ich kurz vorher kennengelernt und der sich sofort blödsinnig in mich verliebt hatte; nahm ihn in der leisen, uneingestandenen Hoffnung, Ulli möchte aus plötzlich erwachender Eifersucht vielleicht doch endlich zugreifen. Ich weiß, daß ich ihm weh getan habe, aber er fraß alles in sich hinein und blieb äußerlich der gleiche Eisklotz.

Anfangs hatte ich K. bloß zu meinem Amusement – es machte mir tierischen Spaß, dem völlig unerfahrenen Jungen den Kopf immer mehr zu verdrehen. Gleichzeitig aber machte mich seine Anhänglichkeit irgendwie glücklich – vielleicht nur aus einer gewissen geschmeichelten Eitelkeit heraus. Nach drei Wochen Zusammensein gab er mir den ersten Kuß – gleichzeitig den ersten Kuß, den er überhaupt einem Mädchen gab. Er küßt wie ein Kind – weißt du, ohne »Technik«, wie wir das jetzt nennen, denn er hatte trotz seiner 16 Jahre noch keinen Schimmer von Liebe etc. Weil er bisher nur Sportsmann (und ein sehr tüchtiger) gewesen war. Siehst Du – und dann brachte ich ihm das Küssen bei. Nach vier Wochen hatte ich ihn satt, und nur ein großes Schuldgefühl hielt mich bei ihm: Er war einfach verrückt geworden – und ich hatte ihn verdorben, ihm seine Kindlichkeit geraubt, ihn innerhalb eines Monats zum Jüngling, Du kannst auch sagen: Mann, gemacht. Immer wieder versicherte er mir, er würde nie wieder an ein Mädchen glauben können, wenn ich ihn verließe. Ich wußte genau, daß es jetzt in meiner Hand lag, ihm ein für alle Mal den Glauben an die Mädchen zu nehmen. Darum blieb ich bei ihm – aus Gewissensbissen. Ich gewöhnte mich an ihn – wenn ich so sagen darf. Und dann kam es so, wie es eben kommen mußte: Wie bei jedem Liebespärchen gingen wir langsam weiter – Du verstehst, na ja und dann war das Ganze mehr so eine erotische Fessel. Zwischendurch habe ich ihn ein halbes dutzendmal mit anderen Leuten betrogen, ohne ein schlechtes Gewissen zu haben. Ja, so gemein kann Deine Brigitte sein, Veralore! Nun, nach viermonatigem Beisammensein kam noch mal eine Krise, während der er mich noch einmal so – ankotzte (verzeih den Ausdruck), daß ich mehr als einmal Schluß machte. Erfolg: Einmal nahm er Spalt-Tabletten, um Selbstmord zu begehen, und wurde krank, weil es nicht genug zum Sterben waren, dann weinte er wie ein Kind, und schließlich sagte er gar nichts mehr, wurde aber tatsächlich von Tag zu Tag magerer und schließlich richtig krank, so daß ich mich doch immer erbarmte und ihn aus Mitleid wieder aufnahm. Und dann plötzlich – weiß der Teufel, wie's kam – gewann ich ihn lieb. Ein bißchen spät, was? Ich weiß nicht – es ist keine Liebe, wie ich sie bisher kennengelernt habe – so schmerzhaft-süß, verstehst Du, aber es ist ein viel schöneres Gefühl – das Empfinden absoluter Geborgenheit und Sicherheit in seiner Nähe; dieses Vertrauen zu ihm ist wertvoller als all' meine kleinen Flirts und Seitensprünge. Wenn eben bloß nicht diese schrecklichen Kränkungen wären! Eigentlich wollen wir ja heiraten – aber das ist natürlich Unsinn. Heimlich verlobt haben wir uns schon und tragen auch die gleichen Ringe, aber schließlich werde ich auf der Uni ja doch andere Männer kennenlernen. Der Gedanke, daß ich dann, wenn ich solch' einen Mann finde, ihm keinen reinen Körper übergeben könnte, bewahrt mich immer noch vorm Letzten. …

Brigitte Reimann (1950)

2 Std. später

... Nun will ich aber noch einmal auf Deinen Brief eingehen:

Erstens einmal bist Du in einem großen Irrtum, wenn Du meine bisherigen kleinen Erfolge auf schriftstellerischem Gebiete auch meinen politischen Funktionen zuschreibst. Ich sehe Dich bei dem Worte »politisch« im Geiste schon wieder die Hände ringen über das »enfant terrible«, das immer wieder seine »Agitationsversuche« macht. Nee, ist nich, Püppchen! Tatsache ist bloß, daß die Herren in Halle, die meine Laienspiele prämiierten, keine Ahnung von meiner F.D.J.-Tätigkeit hatten und haben. Sie sehen in mir ausschließlich den – wenn auch fortschrittlichen – Nachwuchsautoren. Meine Stücke sind auch durchaus nicht politischen Inhalts, sondern behandeln allgemein menschliche Probleme – Kameradschaft und Freundschaft –, ohne daß einmal das Wort »F.D.J.« oder sonst was fällt. So »holzhammerig« gehen wir nicht vor. Ihr da drüben scheint der Meinung zu sein, wir hätten hier gar keine Geisteskoryphäen mehr. Nein, Veralore – wir haben hier noch genauso geistreiche, hochbegabte, ja geniale Menschen wie Ihr – nur verlangen wir von jedem, daß er seinen Geist auch in den Dienst der Gemeinschaft stellt. Um gerade bei den Dichtern und Schriftstellern zu bleiben: Seine Karriere macht man hier nicht etwa dadurch, daß man seine Novellen oder Dramen u.s.w. nun mit Nationaler Front, S.E.D., Kommunismus u.s.w. spickt, sondern indem man Gegenwartsfragen, wirklich für alle Menschen brennende Probleme behandelt – nicht nur Koreakonflikt und Zweijahresplan, sondern auch beispielsweise Rassendiskriminierung, Aberglauben oder ähnliches, die in jeder Form verdammt werden. Oder man schreibt zeitbezogene Sachen aus der Vergangenheit – denn aus der können wir ja am meisten lernen. Wenn Du mal Werke in die Hände kriegst wie Anna Seghers: »Das siebte Kreuz«, Günther Weisenborn: »Memorial« (wunderbar!), Andersen-Nexö: »Ditte Menschenkind« (davon war ich hell begeistert) u. s. w., wenn Du diese Werke also mal in die Hand kriegst – lies sie! Die reiten auch nicht auf irgendwelchen abgedroschenen Phrasen herum, sondern packen und belehren dabei unmerklich. Besonders Weisenborn und Andersen-Nexö sind meine Lieblingsdichter. Wirklich, selten oder nie habe ich so fesselnde, so farbige und dabei so erschütternde Werke gelesen wie die beiden, die ich eben anführte. Bei uns gibt es keinen »Schmutz und Schund«, wie bei Euch, gegen den man sogar Gesetze erlassen muß. So ist es doch, stimmts? Oh, darüber sind wir hier gut orientiert, denn gerade diese Schundliteratur ist es, gegen die man auch von der DDR aus zu Felde zieht.

Schau Dir einmal eure Illustrierten an! Ich kenne genug – »Stern«, »Constanze«, »Neue Illustrierte«, »Illus« u. s. w. Was da an pornographischen Fotografien drin ist – einfach schamlos! Wenn das nicht die Jugend verdirbt! Bei uns wirst Du an keinem Zeitungskiosk solche Bilder ausgezogener Mädchen sehen, was freilich nicht ausschließt, daß die Jungen an unserer Schule solche Bilder, wenn sie ihnen in die Hände kommen (wie neulich eine »Papika«, die den Rekord an Nacktfotografien hält), geradezu verschlingen und ihre gemeinen Bemerkungen machen, daß man sie mal gehörig verprügeln möchte. Aber gerade weil ich auch an mir selbst merke, wie solche Bilder und Novellen reizen, bekämpfe ich sie. In den Händen der ohnehin noch durch den Krieg demoralisierten Jugend sind sie Gift!!!

Ebenso ist es mit den Tänzen, von denen Du erzählst. Man hat uns bei F.D.J.-Veranstaltungen solchen Ringelpietz verboten – Gott sei Dank! Z. B. der Jitterbug ist doch geradezu tierisch – wenn er stilecht getanzt wird. Kennen wir alles, Mädchen! Jazzmusik höre ich auch gerne, wenn sie mir auch oft auf die Nerven geht. Verzeih, wenn ich in diesen Tänzen und der Musik schon wieder einen Fehler sehe; sie sind, das nächste klingt hart, einfach »Begattungstänze«. Hoffentlich schmeißt Du jetzt nicht meinen Brief endgültig in die Ecke! Aber überlege mal ganz ruhig und sei ehrlich vor Dir selber – dann wirst Du dieses rohe Wort vielleicht verstehen und – vielleicht – sogar billigen. Fox und Tango werden hier selbstverständlich auch getanzt, aber Swing und Samba siehst Du bloß in den Nuttencafés Sonnabendnacht. Woher ich das weiß? Ich habe vorigen Sonnabend mit Klaus einen Bummel durchs nächtliche Burg gemacht und sein Nachtleben studiert. Wir haben uns selbstverständlich nur einen kleinen, scheuen Blick durch die Türen dieser ominösen Tanzlokale erlaubt, aber was wir sahen, war einfach widerlich. Wenn es nach mir ginge, wäre wenigstens bei uns in der DDR schon Marx' Forderung nach Abschaffung der Prostitution u. s. w. erfüllt. Tanzlokale würde ich nur unter ganz strengen Bedingungen existieren lassen – beispielsweise unter Verbot des Alkoholausschanks.

Weil ich sehe, wie damit die Moral unserer Jugend hier schon verdorben wird, kann ich auch nicht glauben, was Du da von Euren Organisationen u. s. w. schreibst: daß in den Tanzclubs oder dergleichen eine so gute Kameradschaft herrsche. Gestatte, daß ich gelinde Zweifel an der »Selbstverständlichkeit« eines reinen Verhältnisses zwischen Jungen und Mädels in diesen Clubs hege. Zwar bin ich davon überzeugt, daß Du jedem Jungen kameradschaftlich gegenübertreten kannst, aber Du bist ja irgendwie »immun« durch Deine unglückliche Liebe. Glaub mir – auch das spielt eine große Rolle. Vor allem aber bist Du durch Deine Krankheit ernster und gereifter geworden. Schon Dein kleiner Hinweis, Du »philosophiertest« gern, genügt mir zu der Überzeugung, daß Du unter den Mädchen eine Ausnahme machst. Das soll jetzt keine Schmeichelei sein – ich mache, glaube ich, nie Komplimente – Jungs fassen's doch bloß falsch auf, und Mädchen bestärkt man nur in der bei jeder sowieso schon reichlich vorhandenen Eitelkeit, stimmts? Apropos Eitelkeit: ich schicke Dir mal wieder ein Bild mit und erwarte auch eines von Dir, o. k.?

Eigentlich habe ich jetzt schon wieder agitiert, sei mir, bitte, nicht böse! Aber oft gehen bei uns eben private und weltanschauliche Ansichten Hand in Hand, verstehst Du? Ich meine – oft ergänzt die Politik das Privatempfinden, Gott sei Dank! – nicht immer, es wäre schrecklich langweilig. Nur wo Gegensätze und Reibungen sind, ist es interessant.

Jetzt, da ich Dich durch Deinen Brief viel besser kennengelernt habe, tut es mir doppelt leid, Dich nicht hierzuhaben. Auch kann ich es so gut verstehen, daß Du endlich mal aus Deinem Kummer, Deinen Grübeleien gerissen werden willst. Die können den gesündesten Menschen eher kaputtmachen, als es jede Krankheit kann. Bis vor kurzem war auch ich ziemlich abgespannt, launisch und ewig müde durch das ständige Grübeln über K.s und mein Unglück – sich zu lieben und keine Erfüllung für diese

Liebe zu finden – aber jetzt habe ich eine großartige Arbeit, die mir solche Gedanken nicht mehr gestattet. Ich will zum ersten Male ein Drama zu schreiben versuchen. Ich betone »versuchen« – wenn's schiefgeht, habe ich wenigstens etwas gelernt. Über das Thema habe ich Dir ja schon berichtet. Der John Brown läßt mir keine Ruhe mehr. Immerhin staune ich, wie langsam das Ding wächst. Die beiden ersten Laienspiele hatte ich an einem Nachmittage geschrieben – am ersten Bild des ersten Aktes vom »Negerheiland« sitze ich schon drei Tage. Man bedarf doch, besonders durch das Einflechten von Liedern, einer größeren geistigen Konzentration.

Ich will damit nun nicht sagen, daß Du, um Deine quälenden Gedanken loszuwerden, arbeiten sollst – aber vielleicht, vielleicht hülfe es doch. Hast Du nicht irgendein Talent, in dem Du Dich weiterbilden, das Du entwickeln kannst?

Sei recht lieb gegrüßt und geküßt von

Deiner Brigitte

Burg, den 17. 9. 50

Meine liebste Veralore!

Gestern und vorgestern liefen Deine Briefe endlich bei mir ein. Ich hatte ja schon so auf Antwort von Dir gewartet! Als ich Deinen Gruß an Klaus las, da mußte ich wieder so lebhaft an jenen Tag denken, an dem ich Dir damals schrieb. Ach, die schönen, aber nur zu kurzen Sommertage sind verrauscht, und nichts ist geblieben als eine große Sehnsucht nach diesen Tagen und Stunden. Ich hasse den Herbst und Winter ja so sehr!

Mit meinem Kläuschen bin ich allerdings immer noch in alter Treue zusammen. Zwar bin ich augenblicklich in einen anderen verknallt, aber das tut unserer Liebe keinen Abbruch. Komisch, meinst Du? Nun, ich finde, man kann sehr gut gleichzeitig in zwei Menschen verliebt sein. Wir beide, K. und ich, haben uns jedenfalls auf »Salz und Brot« geeinigt. Das heißt: Klaus ist für mich das Brot, also das, was wirklich unbedingt zum Leben gehört. Er ist sozusagen selbstverständlich in meinem Leben geworden – der Mensch, den ich wirklich liebhabe, also kurz: der wahre Freund. »Freund« in des Wortes schönster und edelster Bedeutung.

Meine neue Flamme, Wolf Dieter, aber ist das Salz, so der pikante Beigeschmack, der keinerlei Einfluß auf meine Freundschaft mit Klaus hat, obwohl ich ziemlich verknallt in ihn bin und ich ihm, scheint's, auch nicht gleichgültig bin. Er ist wirklich ein süßer Bengel – mit einem wüsten, blonden Lockenkopf und so vollen, niedlichen Lippen, daß man, wenn man sie betrachtet, direkt in Versuchung kommt, sie recht herzlich zu küssen. Ich glaube, solch einen Mund kann man gar nicht so sinnlich küssen, sondern – eben einfach: herzlich. So mit einem richtigen »Schmatz«. Wolf ist beim Abitur (das diesmal tierisch streng war) durchgerauscht und nun in unsere Klasse gekommen.

Weißt Du, Veralore, was mir an Deinem Briefe (ich meine jetzt den ersten) aufgefallen ist? Daß Du wieder mal geschrieben hast, Du fürchtetest, mich mit Deinen Privatangelegenheiten zu belästigen. Aufgefallen ist es mir deshalb, weil Du (und ich glaube, auch ich) das jedesmal schreibst. Was sind das nur für alberne Skrupel! Weißt Du, ich habe mal in mein Tagebuch geschrieben, ich hätte Dich erst durch Deine Briefe richtig kennen- und liebengelernt.

Siehst Du – und darum solltest Du nie wieder solche Zusätze schreiben, denn mich interessiert eben alles, was Dich bewegt. Auch finde ich so viele Parallelen zu meinen eigenen Sorgen und Ansichten, daß ich eben alles verstehen kann, auch das, wofür Du bei mir kein Verständnis voraussetzt: Deine unglückliche Liebe. Meinst Du, ich war nie unglücklich verliebt? Ach, und wie! Und bei meiner natürlichen Leidenschaftlichkeit hat mich das immer wahnsinnig tief gepackt und die größten Einflüsse auf all' mein übriges Denken und Handeln ausgeübt.

Ich wundere mich nur darüber, daß Du so scheinbar gleichmütig von den anderen Mädeln sprichst, zu denen G. geht. Ich könnte die Weiber umbringen, die Klaus oder Wolf auch nur anschauen! Ich würde meine beste Freundin bis auf den Tod hassen, wenn sie mir ein Lächeln meines Geliebten stähle! Ja, ich bin sogar auf die Jungs eifersüchtig, die mit meinen Freunden verkehren. Könntest Du es ertragen, Deinen G. mit einer anderen zu sehen, ohne halb wahnsinnig zu werden – nicht vor Schmerz, sondern vor Zorn und Haß?! Ich würde dem Ding an die Kehle springen – und wenn es mir noch eine Stunde vorher das Leben gerettet hätte!

Aber ich glaube, Du bist ein viel zu guter Mensch, um auch nur solche Gedanken zu haben – geschweige denn, so zu handeln. Das schließe ich vor allem aus dem, was Du mir von Deinem Verhältnis zu Jungs im allgemeinen und im besonderen schreibst. Deine Gesinnung in Ehren, aber eins will mir nicht gefallen: Deine Minderwertigkeitskomplexe. Ich habe sie zwar auch in mehr als hohem Maße, aber ich habe wenigstens Grund! Aber Du! Mensch, Veralore, wenn ich Deinen Taillenumfang hätte, würde ich den Himmel stürmen! Ich habe zwar die Venusmaße noch nicht überschritten, aber jetzt sind eben solche schlanken Sportsfiguren beliebter. Ach, pfeif drauf! Hauptsache, ich gefalle meinem Kläuschen! Und der sagt mit Don Juan: »Was Volles für den Winter!«

Entschuldige diese Abschweifung ins Frivole! Eigentlich wollte ich nur sagen: Du bist so sittenstreng, daß ich mir bei Dir gar keine »dunkle Stunde« vorstellen kann. Und gerade darüber möchte ich so gerne Deine Meinung hören.

Und nun zu einem ganz anderen Gebiete, das mir sehr am Herzen liegt: Dein politischer Brief. Der »Agitator« ist entzückend. Als Gedicht, meine ich. Auf manche Leute hier paßt er auch bestens. Aber ansonsten scheinst Du ja dolle Ansichten über uns zu haben. Zunächst mal zu den phrasenhaften Quatschköppen, die die Zustände hier als glänzend und einzigartig darstellen und damit mehr schlecht als gut machen: Weißt Du, wie Stalin solche Leute nennt? Die »ehrlichen Schwätzer«.

Ich las neulich einen reizenden Ausschnitt aus einem Rechenschaftsbericht Stalins auf dem XVII. Parteitag der KPdSU (b) am 26. Jan. 1934. Ich möchte Dir diese kleine Szene nicht vorenthalten, denn sie zeigt Dir Stalin von einer seiner liebenswürdigsten Seiten: als einen unerschöpflichen und dabei scharfsinnigen Humanisten.

Stalin sagte:

»Ich meine den Typ von Schwätzern, ich möchte sagen, von ehrlichen Schwätzern, von ehrlichen Leuten, die der Sowjetmacht ergeben sind, aber nicht fähig, zu leiten und irgend etwas zu organisieren. Ich hatte im vorigen Jahre ein Gespräch mit einem solchen Genossen, einem sehr geachteten Genossen, aber unverbesserlichen Schwätzer, der imstande ist, jedes lebendige Unternehmen im Geschwätz zu ersäufen. Hier dieses Gespräch:

Ich (also Stalin): ›Wie steht es bei euch mit der Aussaat?‹

Er: ›Mit der Aussaat, Genosse Stalin? Wir haben mobilisiert‹.

Ich: ›Nun, und?‹

Er: ›Wir haben die Frage sehr scharf gestellt.‹

Ich: ›Und was weiter?‹

Er: ›Wir haben einen Umschwung erzielt, Genosse Stalin, bald wird ein Umschwung eintreten.‹

Ich: ›Aber trotzdem?‹

Er: ›Es machen sich bei uns Fortschritte bemerkbar.‹

Ich: ›Aber immerhin, wie steht es bei euch mit der Aussaat?‹

Er: ›Mit der Aussaat kommen wir vorläufig nicht vorwärts, Genosse Stalin!‹

Da habt ihr das Bild eines Schwätzers. Ganz genauso wie unlängst ein ukrainischer Arbeiter den Zustand einer Organisation charakterisierte, als man ihn fragte, ob diese Organisation eine Linie habe: ›Nun ja, eine Linie – eine Linie ist natürlich da, nur sieht man keine Arbeit!‹«

Soweit Stalin, den Ihr drüben wahrscheinlich auch anders kennenlernt. Vielleicht hat Dir die kleine geschilderte Szene doch ein Lächeln abgenötigt. Warum ich sie Dir erzählt habe? Damit Du siehst, daß wir selbst derartige Leute verwerfen, die uns mit irgendwelchem abstrakten Geschwätz ärgern und schaden. Wir kranken noch an einer furchtbaren Phrasendrescherei, aber das wissen wir sehr gut. Und weil wir das wissen, werden neuerdings diese Leute erbarmungslos rausgeschmissen. Ich werde auch jedesmal wütend, wenn ich diese ewigen Redereien um Frieden und Einheit höre, die man uns täglich einpaukt. Wir haben diese Ziele als richtig erkannt – jetzt gibt es praktische Arbeit. Ich persönlich bin jedenfalls rücksichtslos, wenn in meinem Vorstand (du weißt doch, daß ich 1. Vorsitzende in der Gesellschaft bin?) sich ein Subjekt rumdrückt, das quatscht und nicht arbeitet. Durch keine Reden und Agitationen können wir dem Ausland so sehr das Bessere unserer Wirtschaftsform beweisen als durch ein wirkliches Aufwärts. Wenn ich für die Nationale Front agitiere, dann halte ich den Leuten konkrete Tatsachen unter die Nase: Da, so ging es uns 45, und so geht es uns heute. Wir haben gehungert, und es ist uns saudreckig gegangen, aber wir alle haben geschuftet, so schwer es uns gemacht wurde. Wir haben es ganz alleine geschafft, und wir mußten schwere Reparationen bezahlen. Das wissen wir alle. Und wer es nicht laut sagt, der denkt es wenigstens. Aber jetzt können wir auch stolz sein auf das Erreichte. Kannst Du Dir nicht vorstellen, wie stolz ich manchmal bin, wenn ich rauchende Fabrikschlote oder wogende Kornfelder sehe und weiß: Das alles gehört dir und du hast mit geholfen, daß es dein Eigentum wurde!?

Aber wir stellen die Ostzone niemals als das Idealland hin. Nur das System, das Land, die Verfassung, die wir anstreben, ist ideal. Ich sage: »anstreben«, denn erreicht haben wir es noch lange nicht. Noch wird viel falsch gemacht – wissentlich und unwissentlich. Aber das geben wir auch ehrlich zu, denn einer unserer Hauptgrundsätze ist: Kritik und Selbstkritik. Man sollte dieses Wort, wie es oft geschieht, nicht zum Schlagwort herabwürdigen, denn in ihm steckt ein gut Teil der Kraft zum Aufbau.

Verstehst Du, was ich Dir mit alledem sagen will?

Und noch eins fiel mir an Deinem Briefe auf, was mich halb empörte und halb belustigte. Du erzählst von Euren herrlichen Waren und den niedrigen Preisen u.s.w. Und fügst hinzu: »Es wäre blöde von mir, wollte ich mich da Eurer Politik zuwenden.« Solltest Du einer von den »unpolitischen Menschen« sein, die da sagen: »Ubi bene, ibi Patria«? Oder auf deutsch: »Wes Brot ich eß', des Lied ich sing.« Du ißt ein gutes Brot. Well, das Brot schmeckt Dir, aber Du siehst nicht die gesellschaftlichen Verhältnisse, die dahinter stehen. Um eines materiellen Vorteils willen gibst Du eine wunderbare Sache auf, bzw. wendest Dich ihr gar nicht erst zu, wie den Kommunismus.

Marx sagt im »Kommunistischen Manifest« ungefähr folgendes: »Die Kommunisten sind der treibende Teil der Arbeiterschaft, denn sie haben vor den übrigen Parteien die Einsicht in die gesellschaftlichen Verhältnisse und ihre historischen Bedingtheiten voraus.« Wir Jugendlichen werden von vornherein zu dieser Einsicht erzogen, obwohl wir keine Kommunisten sind. Dazu gehören andere, bessere Menschen, die erst erzogen werden müssen. Diese Einsicht fehlt Dir – Du denkst nicht politisch. Ich will Dir keine Reden halten, aber ich will Dich statt dessen bitten: Darf ich Dir mal meine F.D.J.-Verfassung und das kommunistische Manifest schicken? Es wird Dir zuerst sehr schwerfallen, das zu lesen – vielleicht erscheint es Dir sehr trocken und langweilig. Aber sobald Du Dich mit einiger Geduld hineingelesen hast, wirst Du es sehr interessant, fesselnd, ja vielleicht sogar begeisternd finden. Jedenfalls ging es mir schon zu einer Zeit so, als ich bedeutend jünger als Du und außerdem erbitterter Feind des Kommunismus war. Die beiden Broschüren sind so dünn, daß ich sie ohne Schwierigkeiten in einem Briefe schicken kann. Bei Eurer gewohnten Meinungsfreiheit (in deren Namen man westdeutsche F.D.J.ler blutig schlägt, wie mir heute ein Bekannter aus Siegburg schrieb) wird man ja die Briefe nicht öffnen und das obszöne Buch beseitigen.

Mit vielen herzlichen Grüßen und einem lieben Kuß
Deine Freundin Brigitte

Augenblicklich wird wieder ein Stück von mir in der Schule gespielt. Die Pauker sind hell begeistert und wollen es unbedingt an die Regierung oder sonstwohin schicken.

Burg, den 7. Oktober 50

Meine liebe Veralore!

Es freut mich herzlich, daß Du gar so schnell auf meinen Brief geantwortet hast. Und doch ist er etwas zu spät für mich gekommen, denn so habe ich nicht früh genug von Deinem Geburtstag erfahren, um Dir noch etwas schicken zu können. Noch dazu sind heute alle Läden geschlossen, weil der 7. Oktober für uns ein Nationalfeiertag ist. Heute vor einem Jahr ist doch unsere DDR gegründet worden.

Nun, nichtsdestotrotz: meine allerherzlichsten Glückwünsche zum Geburtstag, meine liebe Veralore! Viele Wünsche will ich nicht anschließen, sondern das Wünschen lieber Dir überlassen (Du wirst schon genug auf Lager haben!). Dafür will ich aber ganz fest die Daumen drücken, daß diese Wünsche auch wirklich in Erfüllung gehen.

Mehr als je werden an Deinem Geburtstage meine Gedanken bei Dir sein. Lerne ich Dich doch mit jedem Briefe mehr kennen und lieben.

Augenblicklich kann ich sogar einen Bruchteil Deines Liebeskummers mitempfinden, denn mein Klaus ist nach einem heftigen Streit gestern abend ganz plötzlich aus lauter Wut und Verzweiflung nach Berlin gefahren. Als ich heute morgen zur Feier in die Schule kam (der Unterricht fällt selbstverständlich aus), war ich einen Augenblick einfach erschlagen, als ich von Klaus' Freund von seiner Abreise erfuhr. Jetzt tut mir der gestrige Krach doch mächtig leid; aber ich bin eben immer so scheußlich eifersüchtig, daß ich ihm bei jeder Gelegenheit eine furchtbare Szene mache.

Einen gewissen Reiz übt es ja auch immer auf mich aus, wenn er dann eine Stunde später ganz zerknirscht ankommt und um Verzeihung bittet. Ich kann mir nie den Triumph versagen, ihn erst noch eine Weile zappeln zu lassen, bevor ich ihn wieder großmütig ans Herz ziehe (einer meiner »liebenswertesten« Charakterzüge!).

Da wir aber nun einmal beim Thema »Klaus« sind, möchte ich gleich Deinen Wunsch erfüllen und ein bißchen über ihn plaudern – nicht ohne ein gewisses Gefühl des Stolzes, fast mütterlichen Stolzes. Gerade, wenn ich in einer so sehnsüchtigen Stimmung bin wie augenblicklich, könnte ich stundenlang an ihn denken oder einem anderen Menschen von ihm vorschwärmen, trotzdem ich in seiner Gegenwart gar nicht ans Schwärmen denke, sondern meist ziemlich rauh, fast unfreundlich gegen ihn bin.

Klaus ist mindestens einen Kopf größer als ich (er wird bald 1,80 m haben) und hat eine fabelhafte Figur. Im Vertrauen gesagt: ich schleppe schon lange in meinem Medaillon ein kleines Bild von ihm 'rum, das ihn in einer mächtig knappen Badehose zeigt. Einfach bloß, weil ich mich immer wieder an seiner Figur berauschen kann: sehr breite Schultern und Brust, ganz schmale Hüften und lange schlanke Beine (wie hübsch seine Beine sind, darauf hat mich übrigens erst Mutti aufmerksam gemacht).

Im übrigen sieht er aus wie ein Seeräuber (jedenfalls stelle ich mir immer die kühnen Piraten so vor) – mit einem fast silber-blonden Lockenschopf, grau-blauen Augen und fabelhaftem Profil. Typisch nordisch, weißt Du: mit gerader, schmaler Nase, energischem Kinn und etwas sinnlichen, vollen Lippen. Schau Dir mal Viktor de Kowas Mund an – der hat mit Klaus' verblüffende Ähnlichkeit.

Kannst Du ihn Dir jetzt ein bißchen vorstellen? Warum ich nun schon acht Monate bei ihm ausgehalten habe, weiß ich eigentlich selbst nicht. Obgleich er viel weltgewandter und sicherer auftritt und auch wirklich ist als ich, ist er mir doch geistig unterlegen. Das weiß ich sehr wohl, und oft vermisse ich eine wirklich tiefe Unterhaltung mit ihm. Gewiß, wir philosophieren oft, plaudern und grübeln über alle möglichen Probleme, aber bei ihm fehlt doch die Wissensgrundlage, die ich mir schon sehr früh (leider in mancher Beziehung nur zu früh) angeeignet habe. Er hat einfach nicht die Ausdauer, gute (und daher meist langweilige) Werke zu lesen. Eigentlich hat er nur zwei, höchstens drei Leidenschaften, denen er sich aus vollem Herzen widmet, und das sind, in der Reihenfolge der Wichtigkeit, ich, Fußballspielen und eventuell noch sein Radio (da hört er auch nur Schlager und höchstens mal Nachrichten vom Rias!).

Nicht mal politisch kann ich mich mit ihm zanken, denn er ist absolut gleichgültig, denkt östlich und lebt westlich. D. h. er ist ein guter F.D.J.-Funktionär, ohne deshalb aber ein wirklich bewußter F.D.J.ler zu sein; kaut westliches

Kaugummi, trägt westliche Boogie-Woogie-Schuhe und Baskenmützen und läßt im übrigen, fürchte ich, Stalin und Truman gleicherweise gute Männer sein. Verstehst Du, wie ich das meine? Er lehnt meine Anschauung nicht ab, aber er kämpft auch nicht für sie, einfach deshalb, weil er wohl ein Raufbold ist, aber kein Kämpfer aus Idealismus; weil es nicht in seiner Natur liegt, in irgendeiner Beziehung aktiv Partei zu ergreifen. Er ist eben der typische »Passivist«, der gute und gleichmäßige Mitarbeiter, der sein Leben lebt, ohne darüber nachzudenken, warum und für wen er es lebt.

Er ist also so ziemlich in jeder Beziehung mein Widerpart. Vielleicht fühlen wir uns gerade deshalb so voneinander angezogen. Dabei ist er mein bedingungsloser Ritter, während ich ihm immer abwechselnd Geliebte und Mutter bin.

Ich glaube, wir bilden auch nach außen hin einen interessanten Gegensatz: Er groß, schlank, blond; ich klein, üppig und dunkel. Wir wollen uns jetzt mal zusammen fotografieren lassen. Dann kriegst Du selbstverständlich ein Bild, damit Du Dir eine ganz genaue Vorstellung von dem Ehepaar machen kannst.

Apropos Bild: Da fällt mir ein, daß mir meine Eltern heute feierlich eröffnet haben, daß ich nun endlich doch noch ein eigenes Zimmer bekomme. Ich bin vor Freude bald an die Decke gesprungen. Das kannst Du vielleicht nachfühlen, wenn Du Dich auch mal so jahrelang nach einem eigenen kleinen Reich gesehnt und es dann doch noch bekommen hast, wenn Du schon gar nicht mehr dran geglaubt hast. Jetzt male ich mir schon immerzu in Gedanken aus, wie ich das Zimmer einrichten und ganz à la Brigitte zuschneiden werde, so daß es jeder tatsächlich gleich als mein ureigenstes Reich erkennt. Ein Bett dulde ich natürlich nicht drin, sondern nur eine Couch; das macht ein Zimmer gleich etwas eleganter. Natürlich muß auch ein großer Bücherschrank und viele Bilder 'rein. Vor allem brauche ich eine Leselampe, damit ich abends vorm Einschlafen noch schmökern kann (tagsüber komme ich ja doch nicht dazu).

Bloß ein Kacheltisch und Sessel sind noch ein Problem, das verdammt schwer zu lösen sein wird. Ich muß mal wieder was schreiben, das bringt eine ganze Menge ein. Hatte ich Dir eigentlich damals geschrieben, daß ich gerade, als ich in einer furchtbaren Klemme steckte, für einen einzigen Artikel in einer führenden Berliner Zeitung bare 100 DM bekam? Ich bekam eine leichte Ohnmachtsanwandlung – das kannst Du Dir wohl vorstellen. Vielleicht kann ich noch einmal schnell einen Artikel zu den Wahlen schreiben. Der würde dann ohne weiteres für einen Kacheltisch oder einen Sessel reichen. Übrigens erwarte ich in den nächsten Tagen das Honorar für ein Laienspiel von Halle.

Dabei fällt mir noch ein: Du batest mich in Deinem letzten Briefe, ich möchte Dir doch mal eines von meinen Verbrechen schicken. Das ist leider nicht möglich, denn die Dinger sind in aller Welt verstreut. Zwei Laienspiele sind in Berlin, zwei Agitationsspiele in Leipzig, drei Laienspiele und der 1. Akt eines künftigen Schauspiels sind in Halle. Bloß ein paar Novellen habe ich noch auf Lager, aber die sind derartig gegen den Westen, daß Du Dich wahrscheinlich bloß ärgern würdest. Die eine z. B. schildert das Schicksal eines kleinen Arbeiters in einem Provinznest, der vom Rias als Spitzel verleumdet wird (Du kennst doch die »Warnmeldungen« des Rias?) und nun langsam am Klatsch und Mißtrauen seiner spießigen Nachbarn und »Genossen« zugrunde geht. Als er ein Dementi vom Rias nicht erlangen kann, nimmt er sich, völlig zermürbt von den Blicken und dem Tuscheln ringsum, in einem Anfall furchtbarster Verzweiflung das Leben. Dabei ist die Novelle aber nicht bloß ein Angriff gegen den Rias, der mit seinen »Spitzel«-Meldungen bestimmt schon eine ganze Menge ehrlicher und unschuldiger Menschen unglücklich gemacht hat, sondern auch gegen das ganze Spießertum unserer Kleinstädte, das ich tödlich hasse. Ich habe sie in der Novelle lächerlich gemacht, durch den Dreck geschleift und in ihrer ganzen Gemeinheit bloßgestellt, wie es mir eben nur mein Haß eingeben konnte. Denn auch über mich wird in schuftigster Weise geklatscht und gelästert, pfui Teufel! Ob politisch oder moralisch – dieses ganze schmutzige Pack hier zieht bei jeder Gelegenheit über mich her. Oft glüht dann solch' eine unbändige Wut in mir, daß ich einen von dieser Bande glatt abwürgen könnte. Oft allerdings läßt es mich absolut kalt, aber das auch nur nach einer furchtbaren Überwindung und krampfhaftem Runterschlucken der Tränen, die mir dann immer in der Kehle sitzen, seien es nun Tränen der Wut oder echten Schmerzes. Und das Furchtbarste – du kannst dich nicht wehren! Du kannst nicht einfach einen von diesen Heuchlern in die lächelnde Fratze schlagen und sagen: »Du Schwein – du hast das über mich gesagt – bitte, verantworte dich!« Und du kannst dich nicht hinstellen in die Straßen und schreien: »Ich bin doch unschuldig. Warum bewerft ihr mich mit Dreck? Ich bin ja reiner als ihr, die ihr mich mit verbindlichem Lächeln quält!« Ich halte sonst nicht allzuviel von der Bibel, aber sie hat viele schöne Worte, die sich jeder, auch jeder Kommunist und Antichrist, über sein Leben stellen kann. In diesem Falle: »Wer sich rein fühlt, der werfe den ersten Stein auf sie.«

Na, nun habe ich mich mal wieder furchtbar in Wut geredet – Verzeihung: geschrieben. Aber mir kommt halt immer wieder der Kaffee hoch, wenn ich bloß daran denke, daß man mal jemanden vor mir gewarnt hat wegen meiner politischen Anschauungen. Der Jemand aber hat sich, gottlob, nicht warnen lassen, sondern ist tapfer an die Gefahr, denunziert und verhaftet zu werden, herangegangen und einer meiner besten Freunde geworden, obwohl er eine absolut andere Weltanschauung hat als ich.

Ach, Veralore, warum machen die Menschen sich bloß gegenseitig das Herz und das Leben oft so furchtbar schwer? Im Grunde ist es doch nur allein Neid, wenn sich meine, sagen wir höflich: unbedeutend aussehenden Klassengenossinnen über meine »Unmoral« entrüsten, wenn ich z. B. mal einen Jungen so ordentlich anfunkele. Aber verdammt noch mal, wozu habe ich die schwärzesten Augen in der Penne? Doch nicht, um immer schön sittsam die Augendeckel drüberzuklappen, nicht wahr? – Na also!

Noch einmal: Alles Gute und Schöne im neuen Jahr! Werde ein glücklicher und vor allem – ein glückbringender Mensch!

Mit vielen herzlichen Grüßen und einem extrasüßen Geburtstagskuß

Deine Brigitte

Heute abend muß ich einen großen Kulturabend aufziehen. Hoffentlich klappt alles!

Burg, den 13. 10. 50

Meine liebe Veralore!

Dein Brief, den ich heute erhielt, hat wieder so viele Fragen und Probleme aufgeworfen, daß ich gar nicht weiß, auf welche ich zuerst eingehen soll. Ein paarmal mußte ich herzlich lachen – beispielsweise bei Deiner Liebeserklärung, die ungefähr folgendermaßen lautete: »Ich werde immer zu Dir halten – und wenn Du 10 uneheliche Kinder bekommen solltest!«

Vielen Dank, Veralore! Aber ich habe die Absicht, nicht mal ein einziges uneheliches Kind zu kriegen.

Amüsiert habe ich mich auch über Deine Bemerkung, mein Klaus gefiele Dir, weil er unpolitisch ist. Gestatte, daß ich kichere! Weißt Du, wie man solche Haltung bei uns nennt? – Indifferent! Ich bin tolerant jedem menschlichen Gebrechen und Vergehen gegenüber, aber eine solche Haltung kann ich nicht verstehen. Und was ich nicht verstehen kann, das kann ich auch nicht verzeihen. Gorki sagt einmal in seinem berühmten Roman »Die Mutter«: »Man muß immer ein festes Ja oder Nein sagen!« Wahrscheinlich kennst Du keine Werke von Gorki und hast auch kein Bedürfnis, sie kennenzulernen, aber trotz Deiner vermutlichen Abneigung gegen den Begründer der sozialistischen Literatur wirst Du nach einigem Nachdenken zugeben müssen, daß es ein herrliches, ein wahrhaft großes Wort ist.

Wenn Dir Gorki nicht sympathisch ist, so wirst Du vielleicht der Bibel und dem großen Dante Alighieri Deine Beachtung nicht versagen. Ich kann das Bibelwort, das ich jetzt meine, leider nicht wörtlich zitieren, aber es besagt ungefähr, daß diejenigen ewig verdammt sind, die in ihrer Meinung schwanken und sich zu keiner Auffassung fest entschließen können. Und Dante erzählt in seiner »Göttlichen Komödie«, in einem der ersten Gesänge der »Hölle«, wie er gemarterte Seelen trifft, die hier gequält werden, weil sie im Leben kein festes Ja oder Nein sagen konnten. Wer das nicht kann, ist feige oder beschränkt. Klaus kann es nicht – eben, weil er nicht nachdenkt. Und wie er sind 80% an unserer Penne. Es gibt nur einen bei uns, der zu unserer Politik ein ganz klares »Nein!« sagt – das ist mein Klassenkamerad Albrecht P., der zum Entsetzen aller Pauker seine Ansichten (er ist überzeugter Christ und erwartet alles Heil von oben) in öffentlichen Versammlungen vertritt. Obwohl er in jeder Beziehung mein Widerpart ist, achte ich ihn hoch, ja ich glaube fast, ich habe ihn ein bißchen lieb um seiner Ehrlichkeit willen. Damit hast Du gleich die Antwort auf Deine zart geäußerten Bedenken, ich könnte einmal, verleitet von meiner Leidenschaftlichkeit auch in politischer Beziehung, Dummheiten machen, indem ich mal einen politischen Gegner denunzieren oder auch unwissentlich ins Unglück bringen würde. Ich kämpfe für meine Meinung, ich achte aber auch die Anschauungen anderer und denke nicht daran, ihnen daraus – nun, sagen wir, einen Strick zu drehen.

Mein Kulturabend war tadellos – ich habe mit ihm sogar vor den gestrengen Augen des Kreisvorstandes Gnade und sogar Lob gefunden. Auch gestern abend habe ich wieder ein großes Kulturprogramm gestartet – aber tadellos, sage ich Dir. Ein Laienspiel – einfach toll! Meine Leute spielen ausgezeichnet. Besonders die männliche Hauptrolle war über alle Kritik erhaben. Ich bin immer schrecklich stolz auf meine Spieler, wenn ich sie loben höre.

Burg, den 16. 10. 50

Jetzt, da endlich die Woche vorüber ist, komme ich zum Weiterschreiben. Die letzten anstrengenden Wochen fanden gestern einen recht amüsanten Abschluß. Wir fuhren um 10 mit einem kleinen Lieferwagen in den Kreis, um dort noch einmal durch Musik zur Wahl zu agitieren. Wir – das sind die Volksmusikgruppe mit einem Mädchen und neun Jungs, die mich so lange gequält hatten, bis ich einwilligte mitzukommen.

Die Bengels sind nämlich fast alle bis über beide Ohren in mich verknallt, und es macht mir immer einen Heidenspaß, sie ordentlich durch den Kakao zu ziehen. Besonders der eine, Gerd K., ist hinter mir her wie der Deubel hinter der armen Seele und hat deshalb mit Klaus schon manchen Zusammenstoß gehabt. … Ich habe bloß Angst, daß Klaus den armen Gerd totschlägt in seiner Wut und Verzweiflung, denn er ist bärenstark, und ich habe schon manchmal seine Schlagkraft zu spüren gekriegt, daß ich noch lange nachher blaue Flecke hatte. Wir sind ein ziemlich rauflustiges Pärchen. Wenn meine Muskelkraft nicht ausreicht, wehre ich mich mit Beißen, und Klaus hat ein paar große Narben am Handgelenk und Unterarm, wo ich brutal zugebissen habe – sei es aus Liebe oder aus Zorn. Ich bin gespannt, welcher Dompteur mich mal zähmen wird! …

Und nun zu dem wichtigsten Punkt Deines Briefes: Deiner neuen Liebe. Soll ich lachen oder mit erhobenem Zeigefinger sagen: »Na siehste!«? Verzeih, Veralore – aber, weiß der Teufel! – ich hab's gewußt oder zumindest geahnt. Ist es überheblich, wenn ich über eine unglückliche oder auch glückliche Liebe in meiner Umgebung lächele? Ach ja, ich kenne das – »Ich liebe ihn ja so! Und diese Liebe ist etwas noch nie Dagewesenes. Bestimmt – diesmal ist es ganz anders als sonst!« Solche Beteuerungen höre ich jeden Tag, und ich weiß aber gut, was ich davon zu halten habe. Ich will natürlich nicht etwa Deine Liebe negieren – um Gottes willen! Aber ich nehme sie sowenig ernst, wie ich meine und die Verliebtheit aller anderen jungen Menschen um mich herum ernst nehme. Jede »Liebe« ist so herrlich einmalig – jawoll, bis zum nächsten Mal!

Weißt Du, die alten Römer sagen: »In quaedam flere voluptas« – Im Weinen liegt eine gewisse Wonne. Verstehst Du? Du hast in Deinem Schmerz gewühlt – mit einem gewissen Wohlgefühl, so wunderbar unglücklich zu sein. Sei mal ganz ehrlich! Ist es nicht so? Prüfe Dich ganz genau und sage dann, ob das, was Du für G. empfandest, wirklich »die große Liebe« war. Frage Dich, ob Dir die Aufmerksamkeiten anderer Jungs nicht doch schmeichelten, insgeheim sogar freuten.

Vielleicht täusche ich mich auch und beurteile nach meinem eigenen nihilistischen Gefühl auch das edlere Empfinden anderer. Kannst Du mir mal ganz ehrlich darauf antworten? Auf jeden Fall aber freue ich mich herzlich, Dich wieder glücklich zu sehen. Magst Du möglichst lange so glücklich sein!

Deine Brigitte

Burg, den 23. 10. 50

Meine liebe Veralore!

Trotz meiner Überlastung (wir üben ein neues, sehr schwieriges Laienspiel ein) sehe ich mich moralisch gezwungen, gleich nach Empfang Deines Briefes zu antworten. Oh weh, Mädel, was kannst Du giftig werden! Verzeih, daß ich schon wieder lächele – natürlich nicht arrogant, wie Du Dir anscheinend generell mein Lächeln vorstellst.

Und vor allem bitte ich Dich herzlich – sei mir nicht so schrecklich böse! Es tut mir aufrichtig leid, daß Du mich so mißverstanden hast. Denn tatsächlich – Du hast mich mißverstanden. Das soll nicht etwa eine Entschuldigung sein (ich entschuldige mich prinzipiell nicht, denn wenn ich mal wirklich unrecht hatte, mache ich es mit der Tat gut und nicht durch ein paar weh- und demütig gestammelte Phrasen!), sondern nur eine – freilich recht ungenügende – Erklärung.

Also mal der Reihe nach: Erst mal bin ich mir nicht bewußt, in »furchtbar überlegenem Tone« gesprochen zu haben – ich bin lediglich ein recht spöttisch veranlagter Mensch, und diese – ich gebe zu: unglückliche – Veranlagung hat sich im Laufe der Zeiten durch verfrühtes Studium unpassender nihilistischer Literatur und einige ekelhafte Enttäuschungen (wenn Du willst, kannst Du auch meinen Unglücksfall dazu rechnen, der ja immerhin einschneidende Bedeutung für mein ganzes Leben hat) zu einem gewissen Zynismus gesteigert, der mich oft mit bitterster Ironie gegenüber all den sogenannten »ethischen Werten« der Menschheit erfüllt. Vielleicht verdeckt dieser »überlegene Ton« auch nur eine tiefe Traurigkeit, all die herrlichen Ideale, denen ich Feuerkopf mich einstmals glühend hingegeben habe, verloren zu haben.

Ich weiß nicht, ob ich Dir mal geschrieben habe, daß ich absoluter Atheist bin. Das tut mir oft so weh – ich war doch früher so tief gläubig (vielleicht erinnerst Du Dich noch, wie ich mich wegen Christus mit Lisa geprügelt habe?!).

Aber selbst wenn ich wollte – ich kann gar nicht mehr glauben. Ebenso wenig kann ich an »reine Liebe« und ähnliches Zeug glauben. Manchmal glaube ich, ein sehr, sehr armer Mensch zu sein, weil das alles futsch ist. Oft aber bin ich auch der Meinung, dieser Glaube an Gott und andere Ideale ist eine gewisse Bequemlichkeit der Menschen, die sich um Gottes willen keine Skrupel machen wollen, denen das Grübeln zu unbequem ist. Wahrscheinlich eine auf den ersten Blick gewagte These – doch davon später.

Zweitens bin ich weit entfernt davon, mich Dir geistig überlegen zu fühlen. Ich erinnere mich auch nicht, Dir ähnliches geschrieben zu haben. Wahrscheinlich hast Du den Zusammenhang nicht ganz mitgekriegt – ich sprach allerdings von Klaus in der Beziehung. Um gleich da Deine Zweifel und Empörung zu entkräften: Klaus *hat* mir nicht nahegestanden, sondern er steht mir auch heute noch nahe. Gewiß gebe ich zu, daß ich mich ihm an Wissen überlegen fühle, streite aber durchaus nicht ab, daß er viel weltgewandter ist als ich und daß ich mich gerne unter seinem Schutz in die Öffentlichkeit begebe. Sodann stimmt es ebenfalls: ich habe Klaus lieb oder bilde es mir wenigstens ein. Vielleicht hältst Du mich jetzt für noch schlechter, als ich ohnehin bin – aber, weiß der Teufel! – in klaren Momenten halte ich diese ganze »Liebe« für eine Gewohnheitssache. Ich glaube, ich schrieb Dir, daß Klaus für mich einfach eine Selbstverständlichkeit ist – er gehört eben zu meinem Leben, verstehst Du? Nun, auf den Punkt »Liebe« komme ich noch zurück.

Dann zu Deiner »Liebeserklärung«. Da tut es mir nun am meisten leid, daß Du mich so gar nicht verstanden hast. Meinst Du, ich wäre so beschränkt, daß ich nicht wußte, was Du damit sagen wolltest? Glaube mir, Veralore, was Du da gesagt hast, Du wolltest zu mir halten trotz der vielzitierten 10 unehelichen Kinder, das hat mich mächtig glücklich gemacht. Ich schätze Freundschaft höher als Liebe, denn sie ist an keine biologischen Empfindungen gebunden und somit das einzig aufrichtige Gefühl – außer der Mutterliebe. Wenn ich auch da einen spöttischen Ton angeschlagen habe, so war es, um nicht allzu deutlich meine Rührung zu zeigen. Ich habe gelächelt – well, aber es war – by Jove – ein wirklich gerührtes Lächeln. Und dann Dein brutaler Ausfall – ich erinnere an das »Schuhe putzen dürfen«. Mensch, Mädchen, welcher Teufel saß Dir bloß im Nacken? Das ist ja eben meine Tragödie – ich pfeife auf alles – meinetwegen auch auf Freunde, aber ich kann eben doch nicht ohne sie leben. Ich will später wirklich einmal nur der Kunst leben – vielleicht brauche ich dann keinen Menschen mehr, aber jetzt vorläufig bin ich noch ein sehr kleiner, nur allzumenschlicher Mensch.

Ach, Veralore, solltest Du wirklich noch nicht gemerkt haben, wie gerne ich Dich habe? Eben habe ich Dir doch meine Meinung über Freundschaft dargelegt.

Die Sache mit der Bibelstelle stimmt schon. Daß der gute Mann, der sie schrieb, natürlich nicht die Ost-West-Politik meinte, ist klarstens. Nun, und über das »feste Ja oder Nein« der sogenannten Indifferenten wollen wir nicht streiten, weil wir da doch bloß wieder mit unseren gegensätzlichen politischen Meinungen aufeinanderprallen.

Und nun endlich zum letzten und zweifellos wichtigsten Punkte: der »Liebe«. Habe ich Dich wirklich mit meinen brutalen Anschauungen verletzt? Bitte, verzeih mir – das war wirklich nicht meine Absicht!

Gewiß, ich ehre Deinen Schmerz und Deine inneren Kämpfe –. Die habe ich schon oft genug selbst durchgemacht – bis ich eben zu meiner regierenden Meinung gekommen bin. Vor allem – ich bin nicht ganz von alleine dazu gekommen – ich erwähnte schon vorhin meine nihilistische Literatur. Oder nein – nicht einmal nihilistisch, sondern einfach realistisch, bzw. naturalistisch.

Neulich hatte ich erst mit Freunden einen heftigen Streit, weil ich gewagt hatte zu behaupten, alle Menschen seien schlecht. Und sie sind dagegen angegangen – weil sie nicht wahrhaben wollen, daß sie selbst schlecht sind, weil sie zu feige sind, ihre herrlichen Eigenschaften zu bekennen. Hast Du mal einen wirklich guten Menschen getroffen? Ich nicht!!! Und ich bin auch überzeugt, daß ich nie im Leben einen treffen werde. Es gibt natürlich welche, bei denen das Schlechte durch Erziehung oder Überwindung übertüncht ist – die nennen wir dann »gut« – aber eben – es ist bloß Tünche. Und bei der nächsten Gelegenheit, wo es hart auf hart geht – bei einer Katastrophe oder so, wird die ganze schöne Erziehung und Selbstüberwindung flötengehen und er wird Tier wie alle seine Mitmenschen.

Und doch – da ist wieder der unglückselige Zwiespalt in mir – trotz dieser Anschauung, die sich allmählich auf Grund genauester Beobachtungen in mir zur Überzeugung gefestigt hat, bin ich der vertrauensseligste aller Dummköpfe. Trotz meines tiefsten Mißtrauens bin ich nur zu leicht geneigt, sofort jedem Menschen zu vertrauen, der sich mir freundlich nähert. Dadurch werde ich so oft enttäuscht, daß meine schlechte Meinung mehr und mehr wächst – was mich nicht hindert, auf den nächsten besten reinzufallen. Vielleicht liegt es daran, daß ich im tiefsten

Grunde so hungrig nach Freundlichkeit, Liebe, Achtung bin. Jedem Menschen bringe ich mein Herz auf beiden Händen entgegen und muß doch so oft erleben, daß sie es achtlos oder boshaft wegstoßen. Und um meine Traurigkeit zu bekämpfen, denke ich: »pfeif drauf!« und – schon ist der überlegene, spöttische Ton da, der vom Herzen kommt und dort gar nicht ursprünglich da ist.

Übrigens bin ich selbst scheußlich boshaft. Ich bin innerlich eiskalt – trotz meiner Leidenschaftlichkeit und meines vielbewunderten und -getadelten Temperaments. Es macht mir einfach Spaß, einen Menschen zu reizen (speziell erotisch zu reizen) und dann, wenn er den Kopf verliert, ganz unbefangen fröhlich »good bye« zu sagen. Ich kenne eigentlich nur ein Gefühl bei mir, das ich nicht sachlich beobachte wie ein Mediziner, das ich auch nicht studiere wie ein Literat, das, kurz gesagt, ein ganz ursprüngliches Gefühl ist – die Wut. Oft treiben mich die geringfügigsten Ursachen in einen so rasenden Zorn, daß ich einen Mord begehen könnte. Ein Beispiel: Auf dem Schulweg muß ich durch eine Gasse, in der mir regelmäßig der Wind von hinten ins Haar fährt und die Locken durcheinanderwirbelt. Kannst Du Dir vorstellen, daß mich dann eine so dumpfe, wirklich im Innersten verzweifelte Wut packt, daß ich dem nächsten Menschen an die Kehle springen und ihn würgen könnte? Vielleicht sind das die Ansätze für eine Geisteskrankheit.

Aber warum habe ich Dir das bloß alles geschrieben? Hängt das nun eigentlich noch mit dem Thema »Liebe« zusammen? Vielleicht ja. Ich meine: Kannst Du nun ein bißchen verstehen, daß ich auch Deine Liebe nicht ernst nehmen kann? Du schreibst, Du könntest nie einen anderen als G. lieben. Ich lächle nicht – das schwöre ich Dir –, aber ich möchte Dir einmal vorhalten: Du bist 18 Jahre, also ein Mensch, der noch wenig von dem gesehen hat, was die Erwachsenen so großartig »das Leben« oder gar »den Ernst des Lebens« nennen. Vor Dir liegt noch ein langes, langes Leben, in dem Dir viele andere wertvolle Menschen begegnen werden. Glaubst Du wirklich, es wird nicht einer darunter sein, den Du liebgewinnen kannst? Glaubst Du, Dein Gefühl wäre so stark, daß es Dich für immer in unglücklicher Liebe an G. fesseln können wird?

Mein verehrter Lehrer Dr. T. sagte immer, alle Liebe sei Magie, außer der Mutterliebe. Freilich muß man sich erst in diesen etwas absonderlichen Gedankengang hineindenken – aber dann leuchtet er unheimlich ein.

Du behauptest, ich wäre eines tiefen Gefühls nicht fähig oder noch nicht fähig. Sagen wir lieber: nicht mehr fähig. Vielleicht später mal wieder. Übrigens habe ich nicht das Bedürfnis danach. Doch das tut nichts zur Sache.

Also – reichst Du mir die Hand zur Versöhnung? Ich mag keine langen Worte machen – vielleicht verstehst Du mich auch so.

Sei recht lieb gegrüßt und geküßt von

Deiner Freundin Brigitte

Burg, den 1. 11. 50

Meine liebste Veralore!

Als ich eben Deinen Brief vom 29. 10. las, wäre ich Dir am liebsten um den Hals gefallen. Das war wieder richtig die alte, liebe Veralore! Aber weißt Du – ich war doch irgendwie etwas unsicher beim Lesen, weil es mich so überraschte, eine derart plötzliche und umwälzende Sinnesänderung bei Dir zu finden. Und um ganz ehrlich zu sein: Es tat mir eigentlich leid, daß Du Deine ganzen Ideale so über Bord geworfen hast. Du warst nicht albern und überspannt, Veralore – ganz bestimmt nicht! P. hat Dir mit seinem »Quatsch« bitter Unrecht getan, denn in bezug auf die Frauen, die um ihrer Gefühle willen Ehre und Wohlstand aufgeben, bin ich ganz Deiner Meinung, ja, ich halte dieses Entsagen-Können noch für das Wertvollste, was die Frau besitzt, was sie wirklich über den Mann erhebt. Ich bedaure jede Frau als unendlich arm, die über ihre Gefühle den Verstand Meister sein läßt.

Aber freilich kann man P. seine – verzeih! – etwas brutalen Worte nicht so übelnehmen, obgleich sie gerade einen so sensiblen Menschen wie Dich verletzen mußten. Männer, speziell junge Männer, können und – glaube ich – wollen gar nicht so tief empfinden. Hast Du schon mal bemerkt, wie Jünglinge über Gott und Glauben sprechen? Mit einer tiefen, wegwerfenden Verachtung, einer Überheblichkeit, die nicht tiefen Gedanken und wirklichem begründeten Atheismus entspringt, sondern einfach ihren himmel- und weltstürmenden Gedanken: »Pah, was brauchen wir so etwas wie einen Gott, einen Rat, eine Stütze letzten Endes? Wir kommen auch so durch!« Man sieht in Gedanken geradezu ihren Bizeps spielen.

Verstehst Du, was ich meine? Wie gesagt, diese Bengels – man kann sie gar nicht anders titulieren – halten sich in ihrer ganzen frischen Jugendkraft einfach für zu männlich für solche Gefühle. Deshalb leugnen sie sie ab – oft in reichlich derber Weise – und haben doch – glaube mir! – im allertiefsten Inneren eine tiefe Ehrfurcht davor. Aber sie zeigen? – Um Gottes willen, nur nicht! Am allerwenigsten vor einem Mädchen!

Nur sehr selten darf ein weibliches Wesen mal einen kleinen Blick in solch' ein Jünglingsherz tun. Das will dann aber schon sehr, sehr viel heißen!

Aber eins: gib Dich bloß keinen Zweifeln hin, Du wärest etwa altklug und überspannt. Unsinn, Unsinn, Veralore! Wie kannst Du bloß so etwas denken? Du bist bloß über Deine Jahre hinaus reif – das ist es! Mensch, wenn ich mich mit einem Mädel in meiner Klasse bloß halb so vernünftig unterhalten könnte! Aber, weiß Gott – mein ganzes Feuer reicht nicht aus, diese Idioten mal etwas aufzupulvern! Aber na, von unseren Mädchen schreibe ich nachher noch!

Und dann – Du schreibst wörtlich: »Idealismus ist ganz schön, aber er paßt nicht in diese Welt!« Weiterhin sprichst Du Deine Absicht aus, den überflüssigen Kram, der Dir jetzt noch anhängt, bald auch noch über Bord zu werfen. Sollte ich Dich mit meinen zuletzt geäußerten, gar zu negativen Ansichten angesteckt haben? Hoffentlich nicht!

Weißt Du, da geht es mir auch so wie den vorhin geschilderten jungen Menschen. Nach außenhin bin ich oft von der abfälligen Ironie des absoluten Materialisten (natürlich meine ich »Materialist« nicht weltanschaulich, sondern emotional), innerlich aber bin ich glühender Idealist. Freilich nicht mehr in puncto Liebe, Ehe u. s. w. – da habe ich wirklich schon nach einigen herben Enttäuschungen und aufmerksamen Beobachtungen die bittere Wahrheit kennengelernt, aber in anderen Dingen, beispielsweise dem Kommunismus in seiner idealsten Form, der Kunst als einer wunderbaren, hohen Aufgabe u. s. w. Vielleicht werde ich auch mal erfahren müssen, daß mein erträumter Kommunismus Spinnerei,

Utopie ist und daß die Kunst letzten Endes doch nach Brot geht. Aber vorläufig glaube ich, wenn auch manchmal schon leicht von Zweifeln heimgesucht, an diese Ideale und verteidige sie glühend.

Und sind Ideale nicht etwas Herrliches? Gibt es etwas Schöneres, als sich aus vollem Herzen für eine Sache einsetzen? Ich glaube, ich bin nie ein glücklicherer und ein besserer Mensch gewesen als zu der Zeit, wo ich noch meine schönsten Ideale hatte – vor allem in jener mysteriösen Liebe. Darum erhalte Dir um Gottes willen so viele Ideale als nur irgend möglich.

Meine Meinung, alle Menschen seien schlecht, muß ich doch etwas einschränken. Ich weiß nicht mehr, wer es war, der einmal sagte: »Der Mensch ist gut!« Ist das nicht sehr schön und edel? Aber freilich – es ist nicht wahr. Du möchtest noch einmal meine Ansicht zu diesem Problem hören. Nun, vielleicht sollte man doch lieber an das Gute statt an das Schlechte im Menschen glauben. Daß man dann sehr viel öfter enttäuscht wird, wird zweifellos eine unausbleibliche Folge sein. Ich glaube, und das habe ich Dir wohl schon im letzten Briefe auseinandergesetzt, daß im Grunde sehr wenig oder nichts Gutes im Menschen ist – im ursprünglichen Menschen, meine ich. Seit er das erkannt hat, arbeitet er an sich (jedenfalls die besseren Teile der Menschheit) und sucht alles Böse durch sogenannte »Erziehung« zu veredeln oder zumindest zu überdecken. Freilich stehe ich dieser »Erziehung« sehr skeptisch gegenüber – bei mir hat sie nichts geholfen. Ich habe in der Gesellschaft gute Manieren – aber das ist auch alles. Innerlich haben meine verehrten Eltern nichts an mir ändern können.

Weißt Du, was mir eben noch einfällt? Vielleicht ist die

Kunst das einzig wirklich Gute in der Menschheit. Musik, Malerei, Dichtung – das sind die drei Einflüsse, die vielleicht wirklich am meisten einen gewöhnlichen Sterblichen verändern.

Übrigens merke ich, daß mein ganzes Geschreibsel doch mächtig wirr (um nicht zu sagen: irr) und durcheinander ist – wir sind eben beide noch viel zu unreif, um da schon ein Urteil fällen zu können. Vielleicht ist der Weisheit letzter Schluß: »Es gibt sone und solche!« …

Mit herzlichen Grüßen und einem süßen Kuß,

Deine Freundin Brigitte

P. S. Auf Dein Bild freue ich mich schon mächtig.

Die Gesichter unserer Klassenkameradinnen (ich bin mit keiner befreundet – mir genügt mein »Kolja«, wie ich Klaus nenne) sind genauso durchschnittlich öde wie ihr Grips.

P. S. 2 Heute schicke ich Dir ein Bild von Kolja und mir mit, damit Du ihn mal kennenlernst.

Burg, den 18. 11. 50

Meine liebste Veralore!

Tja, da kann man ja nur noch seine unschuldigen Provinzleraugen aufreißen – Mensch, hast Du Dich rausgemacht! Ich sitze jetzt so ziemlich eine halbe Stunde über Deinem Bild und starre es an – und kann einfach nicht darüber fertig werden.

Ich weiß nicht recht, wie ich Dir das alles erklären soll – aber als ich Dein Bild aus dem Briefe nahm, war ich einen Augenblick lang einfach erschlagen. Du warst mir so – so – also eben fremd, richtig fremd, gar nicht die Veralore, die ich aus ihren Briefen kenne – aus sehr lieben Briefen. In denen bist Du mir das geblieben, was Du immer warst – so ein richtig lieber, unschuldiger Kerl mit Mund und Augen eines Kindes, oder sagen wir: eines lustigen Backfisches. Und jetzt – wie eine Filmdiva. Verflucht hübsch bist Du geworden – direkt eine mondäne Dame. Aber das ist es eben, was Dich mir plötzlich so fremd erscheinen läßt. Vielleicht ist es Dein wirklich tadelloses »make-up« – vor allem der Lippen.

Ich habe ältere Bilder von Dir – eins von 1945, und ein anderes von Weihnachten 1947 hervorgesucht und neben das Bild von heute gelegt und versucht, die einzelnen Züge wiederzufinden. Es ist wenig von der alten Veralore übriggeblieben. Das soll nur nicht etwa ein negatives Urteil sein – im Gegenteil, ich finde Dich sehr hübsch, charmant und fesch, aber – Du bist das nicht! Ich hatte mir immer aus Deinen Briefen Dein jetziges Aussehen konstruiert – und das ist ganz anders als Dein Foto. Und weißt Du, worüber ich am fassungslosesten war? Über Deine Augen!

Das sind die Augen eines Mädchens oder einer jungen Frau, die schon zu viel gesehen haben. Dasselbe Empfinden – nur umgekehrt, hatte ich neulich vor einem Bilde von Klaus (von vor einem Jahr) und mir (von vor etwa 3–4 Jahren). Damit Du mich ganz verstehst, muß ich Dir ein Geständnis machen. Bitte, erschrick nicht und vor allem – verachte mich nicht, sondern versuche einmal, Dich in mich hineinzuversetzen. Aber das brauche ich von *Dir* ja gar nicht zu fordern, meine liebste Freundin!

Weißt Du – das Geständnis wird mir furchtbar schwer – schau, ich habe mich von Klaus verführen lassen. (Hast Du einen großen Schreck gekriegt?) Glaube mir – noch vor einem Jahr wäre mir das als eine Ungeheuerlichkeit erschienen, als völlig indiskutabel. In den Ferien fing es dann an – Du erinnerst Dich vielleicht noch an meine Briefe, in denen ich Dir von unseren »dunklen Stunden« schrieb?

Ja, sie kamen immer häufiger und haben uns, weiß Gott!, mehr als einmal in tiefste Verzweiflung gestürzt. Und dann – nach Wochen, ja Monaten furchtbarster Kämpfe, habe ich mich Klaus geschenkt. Seitdem weiß ich, daß ich ihn sehr, sehr liebhabe und vor allem – daß ich ihn sehr glücklich gemacht habe. Ich bereue nichts, Veralore – keine Minute der schönen Stunden, die wir uns seitdem immer wieder zu verschaffen suchen – und die wir leider nur zu selten finden. Es ist nicht das Heilige meiner Mädchenträume, es ist aber auch nicht das Tierische, das meine Menschenverachtung einmal darin suchen wollte – ohne es zu kennen.

Siehst Du, Veralore – und eines Tages fand ich die alten Bilder – und da habe ich zum ersten Male seit langer Zeit wieder bitterlich geweint. Ich weiß nicht, ob Du mich verstehst – aber als ich diese unschuldigen, so wirklich unschuldigen, fragenden Kinderaugen (denn Kinder waren wir noch vor einem Jahr) gesehen habe, da hatte ich plötzlich das Gefühl einer tiefen, unauslöschlichen Schuld.

Wenn ich jetzt in Klaus' oder meine Augen sehe, dann glimmt da immer irgend etwas Wissendes, irgendwie Erschreckendes drin. Vor allem habe ich das Gefühl des Erschreckens in den Augenblicken, in denen Klaus mich so leidenschaftlich umarmt oder – wie er das so gerne tut – mich auf den Arm nimmt. Oder nein – dann sind wir eigentlich wieder Kinder, wenn er mich so übermütig 'rumschwenkt in seiner unbändigen Kraft und ich hilflos strampele und quieke, um mich zu retten.

Siehst Du – und diesen Funken glaube ich in Deinen

Augen auch gesehen zu haben. Versteh mich jetzt, bitte, nicht falsch, Veralore! Ich habe eine Bitte: Kannst Du mir noch ein Bild von Dir schicken? Nicht so geschminkt, so fremd schön, sondern mal ein ganz einfaches, meinetwegen ein Straßenfoto, wo Du so drauf bist, wie Du immer 'rumläufst, verstehst Du?

Bitte, sei mir nicht böse – ich möchte Dich doch wiederfinden!

Es grüßt und küßt Dich herzlichst

Deine Freundin Brigitte

Burg, den 25. 11. 50

Meine liebe Veralore!

Hab recht herzlichen Dank für Deinen verständnisvollen Brief! Du bist auch die einzige, die außer Kolja und mir nun unser Geheimnis weiß. Wenn ich jetzt so mit Klaus zusammen bin, kann ich erst so recht nachfühlen, wie wahnsinnig schwer Dir und vor allem G. ein Entsagen gefallen sein muß. Wenn man sich wirklich liebhat, dann ist das doch schließlich der schönste Liebesbeweis, den man sich geben kann, findest Du nicht auch?

Aber weißt Du, weshalb ich von einer Schuld sprach – einer Schuld sowohl ihm als auch mir selbst gegenüber? Wenn Ihr den »Bellum gallicum« von Caesar gelesen habt, dann wirst Du Dich vielleicht an die Stelle erinnern, wo Caesar davon spricht, daß die germanischen Jünglinge und Jungfrauen sich so lange wie möglich (mindestens bis zum 20. Jahre) ihre Keuschheit erhalten und nur dadurch so kräftig, gesund und wirklich voll ausgereift sind.

Wir beide aber sind erst 17 Jahre – halbe Kinder noch.

Und abgesehen von diesem gewissen körperlichen Schaden haben wir uns ja einen moralischen Knax zugefügt; worin der besteht, das kann man nicht genau schildern, aber Du kannst es vielleicht so nachfühlen – eine vergiftete Phantasie und vor allem – das Nie-mehr-zurück-Können.

Und vor allem – Du sprachst da von den »eventuellen Folgen«. Keine Angst, daß Du deshalb mir als »moralisierende Tante« erschienen bist. Oh, nein! Wir haben uns selbst schon oft genug Sorgen darüber gemacht, und ich hatte manche schlaflose Nacht. Du mußt bedenken, daß wir beide ja noch völlig unschuldig waren, als wir uns fanden – ich hatte ebensowenig Ahnung wie er. Ja, ich habe über die einfachsten Sachen in dieser Beziehung nicht Bescheid gewußt, weil ich bisher alles, was damit zusammenhing – jede Lektüre, vor allem jeden Witz – mit einem an Prüderie grenzenden Abscheu abgelehnt hatte. Und dann wird man eines Abends einfach so vor die Tatsache gestellt – Ich wundere mich nur über Kolja, der doch schließlich in der Praxis auch ein völlig unbeschriebenes Blatt war. Und trotzdem – na, die Liebe ist halt doch die beste Lehrmeisterin!

Gerade jetzt in den letzten zwei Wochen hatte ich wieder eine schreckliche Angst ausgestanden, wir könnten »Pech« gehabt haben. Oder nein – Angst war es nicht direkt. Wenn ich mal zum Grübeln Zeit hatte, so war das meist abends im Bett. Da aber haben alle Dinge einen anderen Anstrich, und so war mir auch in diesen Stunden mein Schicksal ziemlich gleichgültig. Vielleicht war es die doch immer noch im Hintergrunde wachende Hoffnung, es möge alles eine eingebildete und unbegründete Angst sein, die mich so verhältnismäßig fatalistisch machte. Jedenfalls habe ich immer nur zwei Auswege gesehen: ein Hausmittel, das mir eine

Schulkameradin mal anvertraut hat (dem ich persönlich aber einigermaßen skeptisch gegenüberstehe) und – ja, der zweite Weg war eben nur der ins Jenseits. Sieh mal – heiraten können wir noch nicht, operieren dürfen die Ärzte nicht, und die Schande ertragen will ich nicht. Ich war so fest entschlossen, daß Klaus seine Schlaftabletten, die er sich mal in einem Anfall von Melancholie besorgt hatte, weggeworfen hat, um nicht die Schuld an meinem Tode zu tragen, denn er hätte sie mir doch nicht verweigern können.

Da habe ich mir von unserer Chemiekanone, einem meiner besten Freunde, synthetisches Zyankali versprechen lassen. Natürlich habe ich ihm nicht den Grund gesagt, und ich zweifele heute sehr stark daran, daß er mir das Gift tatsächlich gegeben hätte, selbst wenn ich ihm den Grund gesagt hätte.

Aber, Gott sei Dank!, war meine Befürchtung umsonst. Ob es eigentlich schwer ist, sein Leben so fortzuwerfen? Was erwartet uns schon? Jetzt freilich, da ich von dieser entsetzlichen Last befreit bin, finde ich das Leben wieder sehr lebenswert, aber auch durchaus nicht immer und in jeder Stunde. Oft ist es sogar schwer, irgendwo doch noch eine Sonnenseite zu entdecken. Aber, weiß Gott!, ich finde meist oder sogar immer noch ein bißchen Sonne, wo es anderen gar zu schwarz und trübselig erscheint. Lustig gelebt und selig gestorben! Trotzdem finde ich selten Stunden, in denen ich wirklich so von ganzem Herzen froh und ausgelassen bin. Aber wenn ich es einmal bin, dann stelle ich die ganze Penne auf den Kopf und mache alle mit meiner glänzenden Laune verrückt (verrückt im positiven Sinne!).

Wenn einmal so richtig der Knoten bei mir gerissen ist, unterhalte ich einen ganzen Saal und pulvere hundert andere mit auf. Freilich stelle ich in solcher Stimmung oft Dummheiten an, die ich hinterher meist bereuen müßte. »Müßte« – betone ich. Es kommt selten vor. Ich habe an dem Tage, an dem meine Backfischzeit zu Ende ging, in meinem Tagebuch eine Rückschau gehalten und dabei geschrieben: »Ich bereue wenig von dem, was ich getan, aber viel von dem, was ich gelassen habe.« Das war unbeabsichtigt ein weises Wort, nach dem ich noch jetzt lebe und auch in Zukunft leben werde. Kolja zitiert statt dessen: »Zupacken, wenn die Freuden winken, nur ausnahmsweise Wasser trinken!« Albern, nicht? Aber eben doch richtig! Wir sind doch noch so jung! Womit sollen wir uns im Alter unterhalten, wenn wir keine Erinnerungen haben?

Und wenn Du es ganz klassisch willst, dann laß Dir vom Altmeister Goethe ein Wörtchen sagen, das er mit 76 Jahren sprach (und damals muß er es ja endgültig gewußt haben!).

Wenn Dir's in Kopf und Herzen schwirrt,
Was willst Du Besseres haben?
Wer nicht mehr liebt und nicht mehr irrt,
Der lasse sich begraben!

Aber jetzt bin ich unwillkürlich in eine so leichtsinnige Stimmung gekommen (zudem erwarte ich Kolja jeden Augenblick), daß ich das, was ich noch zu Deiner Leidenschaft für G. sagen wollte, lieber aufspare für einen besinnlicheren Brief. Dazu sind mir Deine Gefühle zu schade!

Und nun noch: Dein Bild. Recht herzlichen Dank! Ich kann mir nicht helfen, aber das bist Du doch mehr, so sehr sich auch Dein Gesicht verändert hat. Ich möchte fast sagen, daß ich noch nie bei einem mir bekannten Menschen eine so auffallende Veränderung, noch dazu positiv!, gesehen habe. Jetzt kann ich mir so richtig vorstellen, daß Du da Deine ganze männliche Penne verrückt machst. Weiß der Teufel – ich komme mir dagegen wie ein kleines, häßliches Provinzgänschen vor (trotz Koljas Nebenbuhlern)!

Apropos Bilder: Wir müssen öfter mal Bilder austauschen, ja? Auch Deine Umgebung (personell) interessiert mich. Zum Schluß muß ich Dir noch kurz sagen: In puncto Politik hast *Du* recht gehabt! Über diese erstaunliche Wandlung in einem nächsten mehr!

Mit herzlichen Grüßen

Deine Brigitte

Burg, den 28. 12. 50

Meine liebste Veralore!

… Wie hast Du Weihnachten verlebt? Ich sehr animiert und vergnüglich – fast unweihnachtlich! Ich war zum ersten Male nach annähernd tausend Jahren wieder in der Kirche – nicht etwa aus Frömmigkeit, sondern mehr aus experimenteller Neugier, ob die Kirche mit ihrem Zauber noch immer die alte, oft geflohene Macht über mich ausübe. Sie schafft es nicht mehr, schafft es so wenig, daß ich halb spöttisch, halb mitleidig lächeln mußte, als ich sah, wie der große, freche Klaus beim Vaterunser den blonden Lockenkopf so andächtig-demütig senkte.

Geht es Dir übrigens auch so, daß Dich trotz Deines beachtlichen Alters beim Eintritt ins Weihnachtszimmer immer noch solch eine seltsame Verlegenheit überfällt, als wärest Du ein kleines, dummes Mädchen? …

Übrigens war gestern ein herrlicher Artikel in der Zeitung – über die »junge Friedenskämpferin« Brigitte Reimann, in dem ihre »reife und umfassende« Arbeit über »J. W. Stalin, den Bannerträger des Friedens und Fortschritts in der Welt« gebührend gewürdigt wurde. Staunste, was?

Allen Ernstes – ich will mich jetzt an einem Preisausschreiben für Jugendliteratur vom Volksbildungsministerium der DDR beteiligen. Ich habe Sparte »Theaterstücke und Laienspiele« gewählt, versteht sich! Vor kurzem hat schon solch ein Preisausschreiben stattgefunden – leider erwischte ich aber nur noch die Preisverteilung in der Zeitung. Zu meiner größten Freude habe ich festgestellt, daß in der oben erwähnten Sparte gar keine Prämien verteilt wurden – mangels würdiger Einsendungen. Der 1. Preis wäre – halt Dich fest! – 4.000 DM gewesen. Den hole ich mir im März! Staunste noch mal, was? Nee, wirklich – da kannst Du mal beide Däumer drücken, daß es klappt. Dann hätte ich nämlich erstens mein Abitur so gut wie bestanden (einen DDR-Preisträger läßt wohl keine ideologisch ausgerichtete Kommission durchsausen!), und zweitens hätte ich endlich mal wieder Pinke-Pinke und damit eine Hilfe für meine Studienzeit. Na, ich will lieber noch keine Pläne schmieden, sonst wird es todsicher nichts!

Übrigens bin ich Dir noch einen gewissen kleinen Bericht schuldig: Bei uns an der Schule wurde kürzlich ein Junge verhaftet. Politisches Motiv unbekannt. Es gehen nur vage Gerüchte um, daß ihn die sogenannte NKWD verhaftet hat (es geschah übrigens während der Schulzeit). Das gleiche geschah vor nicht langer Zeit auf der Genthiner Oberschule, wo freilich ein paar Jungen betroffen wurden. Das hatte mir damals zwar leid getan, mich aber nicht weiter gerührt. Ich glaube, ich hatte sogar die Stirn, zu behaupten, den Jungen wäre recht geschehen, wenn sie sich tatsächlich staatsfeindlicher Umtriebe schuldig gemacht hätten. Na, und dann wurde eben einer aus unserer eigenen Mitte herausgeholt. Ein Bursche, den man gut kannte, mit dem man zwei Stunden zuvor noch gesprochen und gelacht hatte, war plötzlich verschwunden – vielleicht für immer. Und das Schlimmste – er ist gewiß nicht das, was man in ihm sieht. Ich glaube ihn als einen albernen, wenn auch oppositionellen, so doch harmlosen, etwas frechen und sonst völlig unbedeutenden Menschen zu kennen. So einer, der nie »staatsfeindlicher Umtriebe« fähig wäre, weil er dazu einfach zu dumm und wohl auch zu feige und kleinlich wäre. Auch zum Verräter gehören Mut und eine gewisse Portion Gehirn.

Siehst Du – und da ist in mir 'was kaputtgegangen. Ein Glaube, wenn Du es so nennen willst. Warum befleckt man eine große Sache mit – vielleicht mit dem Blut eines halben Kindes? Vielleicht habe ich damals in meiner Erregung die Dinge schärfer und schlimmer gesehen, als sie sind – Tatsache ist jedoch, daß die Mutter noch keine Nachricht über den Verbleib des Jungen hat und daß sich die Klasse bisher vergeblich um ihn bemühte. Ich habe tagelang geweint vor Verzweiflung, war in der Schule nicht mehr zu gebrauchen und verstieg mich schließlich in solche Raserei, daß mich immer zwei gute Freunde eskortierten, die mir manchmal mit Gewalt den Mund zuhielten, z. B., als ich es wagte, während Anwesenheit der Kommandantur im Schulgebäude auf dem Flur laut zu fluchen, zu schimpfen und zu spotten – mit derselben unüberlegten Maßlosigkeit, mit der ich vorher alles geliebt, verteidigt und propagiert habe, was der Staat oder das System tat. Alle, die mich wirklich gern haben, fürchten für mich meiner zügellosen Leidenschaftlichkeit wegen, die mir noch einmal das Genick brechen könnte.

Freilich, jetzt habe ich mich beruhigt, aber – es wird lange dauern, bis ich wieder zu meinem früheren Glauben zurückkehren werde. Es tut mir irgendwie weh. Vielleicht verstehst Du nicht, Veralore, daß auch die Politik Herz und Gemüt haben will, aber es ist wirklich so. Vermutlich würde mich mancher, der mein Bekenntnis läse, anzeigen und es für unwürdig einer F.D.J.lerin erklären, aber ich bin bereit, es vor jedem Menschen zu vertreten. Es irrt der Mensch, solang er strebt – ich irre zwischen zwei Welten. Es ist schwer, sehr schwer, Veralore! – Peinlich allerdings wäre es auch, wenn wir jetzt erfahren müßten, daß sich der gute Junge aus der 10c doch etwas Ernsthaftes und durchaus Überlegtes zuschulden kommen ließ. Aber – siehe mein Urteil über ihn!

Verlassen wir dies unerfreuliche Thema. Wie kommt es, daß Du Dein Abi erst mit 21 Jahren machen wirst? Ich mache es mit 17 – wie kann dieser große Unterschied entstehen?

Übrigens bin ich zutiefst empört, daß Dich mein erschütternder Bericht über Koljas und mein schmerzliches Zerwürfnis amüsiert (!), ich bitte Dich – amüsiert hat!!! Oh, Du Barbar! Lachst über das arme Herz, das verblutend zu Deinen mitleidlosen Füßen zuckt! Pfui! Ein dreimaliges »Pfui!« über Dich und Deine Nachkommenschaft! Aber nun mal im Ernst: Mir sitzen schon wieder die Tränen in der Kehle. Mutti verlangt von mir, ich solle sofort mit Klaus Schluß machen – wegen des Verführens, weißt Du. Sie ist tief entrüstet und zugleich besorgt um mich und mein kostbares Seelenheil. Sie hat sich heute morgen wie eine – Verrückte aufgeführt, mich angeschrien, ich solle endlich von Kolja lassen und was ich zu meiner Entschuldigung zu sagen hätte. Da habe ich bloß geknurrt: »Ich habe ihn lieb – das ist Entschuldigung genug!« und mich weggedreht. Da hättest Du mal eine Furie sehen können! Na, schweigen wir über diese häßliche Szene!

Eben war nun Kolja da. Ich habe ihm nur gesagt, wir müßten Schluß machen, wenn wir nicht, wie Vati und Mutti verlangen, Ehrenwort geben könnten, nie wieder diese sog. »Dummheiten« zu machen. Ich kann's nicht – und Klaus auch nicht. Da ist er gegangen – weinend wie ich. Sollte so eine Freundschaft auseinandergehen? Ich habe vor allem solche Angst, weil er ohne ein Wort, ohne Erklärung, ohne eine Geste des Bedauerns gegangen ist. Wenn er mich nun gar nicht mehr liebt? Die Psychiater reden von »sexueller Hörigkeit«, kannst Du Dir darunter was vorstellen? Gewiß! Nun, und wenn das bei uns der Fall wäre? Wenn er nur zu mir zurückgekehrt und deshalb geblieben wäre, weil er bei mir das findet, was er bei anderen nicht zu suchen wagt oder nicht suchen darf? Das wäre der härteste Schlag, der mich treffen könnte. Wolle Gott, Veralore, es bliebe mir erspart! Es kann ja nicht sein! Er wird gewiß wiederkommen. Und Vati und Mutti bringen uns nicht auseinander! Nun erst recht nicht!

Mit vielen herzlichen Grüßen und Küssen

Deine Freundin Brigitte

Burg, den 14.1.51

… Ich muß Dir völlig zustimmen. Freundschaft kann Vertrauen – unter allen Umständen, aber Liebe bringt einfach Mißtrauen mit sich. Trotzdem ich meinen Kolja über alles liebhabe, möchte ich nicht behaupten, schon die echte, tiefe Liebe, die ein Leben ausfüllen könnte, kennengelernt zu haben. Das wäre absurd in meinem Alter! Aber Du kannst Dir nicht vorstellen, wie entsetzlich eifersüchtig und ängstlich ich bin, ich könnte ihn verlieren. Es ist schon fast krankhaft. …

Trotzdem fürchte ich immer wieder für seine Liebe – und was das schlimmste ist: Aus dieser unbegründeten Furcht habe ich mich ihm immer wieder hingegeben, trotz Muttis und Vatis Empörung, Sorge, Verbot und Bitten. Und ich habe stets geglaubt, er bleibe nur deshalb bei mir. Gestern aber hat er mir seinen festen Entschluß mitgeteilt, endlich wieder eine wirklich reine Freundschaft mit mir zu führen – ohne verführen, verstehst Du? Vielleicht kannst Du Dir denken, wie glücklich mich das gemacht hat! Ich glaube nicht, daß sein Entschluß ein Beweis dafür ist, daß er mich liebhat, ohne mich besitzen zu wollen. Ach, Veralore, das Leben ist manchmal schrecklich problematisch – man steht ihm gegenüber wie ein Kind so hilflos und unbewußt handelnd. Und doch – ich möchte keinen der Kämpfe missen, die ich innerlich durchlebt habe!

Nun zum Schluß Deines Briefes, der mich in starke Zweifel stürzte: Ich möchte nur einen Satz zitieren, der wohl auch jeden anderen Menschen verblüfft, ja erschreckt hätte: »Du bist der Mensch, den man entweder verdammt oder auf die Schulter hebt!« Kannst Du Dir vorstellen, daß mir da die Worte zu einer Antwort, einer Abwehr, ausgehen? Um Gottes willen, Veralore, was machst Du Dir nur für Vorstellungen von mir armseligem Wesen? Ich bin, das will ich Dir ehrlich gestehen, zu stolz abzustreiten, daß ich – nun, sagen wir: ein gewisses dichterisches Talent habe.

Ich habe nie die läppisch falsche Bescheidenheit besessen, mein »Licht« unter den vielzitierten Scheffel zu stellen, aber ich rede nicht gerne über diese Begabung, weil ich fürchte, es wäre vielleicht nur eine sogenannte »Pubertätsbegabung«, die mir eines Tages unter den Händen zerrinnen könnte wie Tau in der Morgensonne. Sieh, davor habe ich Angst! Ich will Dir gegenüber ehrlich sein: Ich habe mich innerlich schon so in meine künftige Rolle als Dramatikerin (auf das Drama, diese dreidimensionale Kunst will ich mich spezialisieren) eingelebt, daß eine Enttäuschung meiner Hoffnungen und ehrgeizigen Träume mich innerlich zerbrechen würde. (Ich halte übrigens eine solche Enttäuschung für einen Selbstmordgrund!)

Meine Leidenschaftlichkeit halte ich nur für einen Fluch, bin aber zu schwach, gegen sie anzukämpfen. Ich bin überhaupt ein schrecklich willensschwacher Mensch. Eine Zeitlang war meine ständige Redensart: »Ich kann doch nichts dafür!« Das ist einfach typisch für mich – ich lasse mich treiben. Ich bin zwar, wenn es um andere geht, ein unbeugsamer und energischer Diktator, dessen Befehlsgewalt sich die Schule (in kulturellen Dingen!) beugt, in bezug auf meine eigene Person bin ich meist ohne jede starke Initiative. Das alles ist so widerspruchsvoll, aber es entspricht den bedauerlichen Tatsachen. Du kannst Dir nicht vorstellen, wie ich voller Ideen stecke, die ich erarbeiten möchte. Oft packt es mich nachts, daß ich am liebsten aufspringen und schreiben möchte – aber schon wird die eine von der nächsten Idee übersprungen, mein manchmal erstaunliches Phlegma sagt »Mañana«, tausend deprimierende Umstände aus meiner Umwelt kommen dazu, und so ist dann der Erfolg der, daß ich gar nichts tue, mich mit meiner Jugend tröste und nur durch äußeren Zwang (Stalinaufsatz!) an die Arbeit herangeführt werde, die mir, wenn ich erst einmal dabei bin, wirklich Freude macht und mich nicht eher wieder losläßt, bis ich auch was Rechtes geschafft habe. (Dabei fällt mir ein, daß ich nun auch endlich an mein Theaterstück für das Literatur-Preisausschreiben 'rangehen und außerdem etwas zum Frauenkongreß des IDFF schreiben muß!)

Und dann der letzte Punkt: Du scheinst mich Dir hübscher vorzustellen, als ich bin. Ich glaube, Du bist mächtig enttäuscht, wenn Du mich mal wiedersiehst! Manchmal finde ich mich richtig häßlich! Freilich wirke ich etwas »eigenartig«, aber das leider nach der negativen Seite. Meine Stupsnase kann ich schon gar nicht ausstehen, meine Augen sind zwar schwarz, aber schmal, mein Mund ist beim Lächeln schief, außerdem bin ich ziemlich üppig und hinke noch immer ein bißchen. Na, und überhaupt – das einzig Positive sind nur mein Teint und meine Haare (die ich mir übrigens endgültig wachsen lasse). Und von wegen »übergroße Intelligenz« – da kann ich nur wehmütig lächelnd an meinen Matheunterricht denken.

Übrigens fahre ich – eine große Ehre! – vom 19.–22. auf den 3. DDR-Kongreß der Gesellschaft für Deutsch-Sowjetische Freundschaft – als Delegierte des Kreises. Mensch, ich freue mich schon blödsinnig! Nur komme ich dadurch leider um meinen Tanzstundenball.

Es grüßt und küßt Dich herzlich

Deine Brigitte

Groß-Berlin, Deutsche Staatsoper, 22. 1. 51

Meine liebste Veralore!

Nun ist tatsächlich schon der letzte Tag unseres Kongresses da.

Schade! Es war prima – vor allem am Feierabend. Berlin – ein dolles Nest, sage ich Dir! Ich schreibe hier während der Referate, weil ich sonst einfach keine Zeit aufbrächte. ... Ich habe ein entsetzliches Grauen vor der Rückkehr in die Langweiligkeit Burgs, wo mich in der tristen Umgebung wieder die Gedanken an Kolja erfassen und quälen werden.

Burg, den 27. 1. 51

Endlich kann ich in meinem Brief fortfahren. ... Ich bin, glaube ich, völlig verwandelt aus Berlin zurückgekommen. Ich habe einsehen gelernt, daß es Größeres und Tieferes im Leben gibt als den Liebeskummer eines kleinen Mädchens und die Untreue eines dummen Jungen. Eine Binsenwahrheit, meinst Du? Nun, für mich ist diese Erkenntnis von tiefer Bedeutung, denn sie hilft mir, mein ganzes Leben hier (soweit man ein Vegetieren in Burg als »Leben« bezeichnen kann) mit einer Art belustigter Überlegenheit zu ertragen, die mir manche Stunde fast versüßt.

Ich habe auf diesem Kongreß Menschen und Schicksale kennengelernt – ach, Veralore, ich kann Dir nicht schildern, wie mich die ganze Atmosphäre des wahrhaft »großen Lebens« im tiefsten ergriffen und beeinflußt hat.

Freilich ändert das nichts an der immerhin bedauerlichen Tatsache, daß ich Kolja noch immer liebhabe, obgleich er selbst täglich dieser Liebe neue schwere Schläge versetzt. Nein, er ist nicht glücklich mit seiner kalten, pedantischen Eva – das weiß ich und das hat er mir auch schon selbst gesagt. Gerade für einen Menschen wie Kolja ist es wahnsinnig schwer, einen (der Vergleich ist banal) Vulkan gegen einen Gletscher einzutauschen. Neulich war er bei mir und hat bitterlich geweint, weil er nicht wüßte, zu wem er denn nun gehört ...

Ich mag nicht länger darüber sprechen. Gehen wir lieber auf Berlin ein! Wie schon gesagt: ich habe reizende Bekanntschaften gemacht. Es wäre natürlich lächerlich, Dir hier jede einzelne aufzuzählen – eigentlich haben mich nur drei und ganz eigentlich nur zwei tiefer beeindruckt. Wir waren jeden Abend woanders, in Tanzbars, Cafés u. s. w., und jedesmal bemühten sich andere Herren um mich (ohne daß ich mich allerdings mit ihnen näher einließ), weil sie mich für eine Ausländerin hielten. Am letzten Abend nun war ich gleich mit drei verschiedenen Leutchen verabredet: 1. mit einem kleinen, süßen Bengel, der direkt vor mir saß und mir wegen seiner hinreißenden schwarzen Augen aufgefallen war. Wir korrespondierten während des ganzen Kongresses, und schließlich war unser Verhältnis so weit gediehen, daß wir zusammen in »Golowins Wandlung« gehen wollten.

Dann sprach mich ein Reporter vom Berliner Rundfunk an und wollte mich interviewen. Als ich, schüchtern wie ich nun mal bin, ablehnte, kamen wir ins Gespräch, und er lud mich ein, ich solle mit ihm den Westsektor besuchen, wo wir in einen amerikanischen Film und anschließend in einige Bars gehen wollten. Schließlich und endlich gab es noch einen dritten, der es mir etwas angetan hatte: ein Mitglied der Landesleitung, Ernst W., trotz seiner 36 Jahre ein reizender, munterer Bursche mit den großen, grauen, leuchtenden Augen eines Achtzehnjährigen. Er hatte sich auf den ersten Blick in mich verguckt (furchtbar kitschig, was?) und wollte mit mir in den »Revisor« gehen, der in ausgezeichneter Besetzung im Deutschen Theater gegeben wurde.

Nach einigem Kampf habe ich mich für den »Revisor« bzw. Ernst entschlossen. Der Reporter war mächtig enttäuscht, als ich ihm absagte, und von dem süßen, dunkeläugigen Dieter verabschiedete ich mich doch mit einem winzigen Herzschmerzchen. Trotzdem – ich habe meine Wahl nicht zu bereuen gehabt. Ernst ist ein hinreißender Mensch und hat mich von Herzen lieb. Ich bin sogar meinen gefaßten strengen Grundsätzen untreu geworden und habe mich – erstaunlicherweise das erste Mal in Berlin – küssen lassen. Am liebsten hätte er mich auf der Stelle geheiratet – bitte, lache mich nicht aus! Ich habe ihm auch die Verführungsgeschichte mit Klaus gebeichtet und gefragt, ob er nun nicht sehr enttäuscht von mir sei (er fand mich nämlich entzückend unschuldig!). Da hat er etwas gesagt, was mich doch sehr getröstet hat: »Ein Mann, der deswegen von dir enttäuscht ist, der ist es gar nicht wert, ein so herrliches Geschöpf wie dich zu besitzen! Das sind bürgerliche Vorurteile!« Nun, ich fürchte ja allerdings, daß nicht alle Männer so weitherzig und großmütig denken!

Weißt Du, ich freue mich wahnsinnig auf meine Studienzeit in Berlin! – Übrigens, eine Nebenfrage: Mußt Du öfter Strafporto für meine Briefe bezahlen? Ich schicke immer so dicke Briefe, daß ich fürchte, sie sind für 24 Pf zu schwer.

Es grüßt und küßt Dich von ganzem Herzen

Deine Freundin Brigitte

Mit dem Freund Klaus (1950)

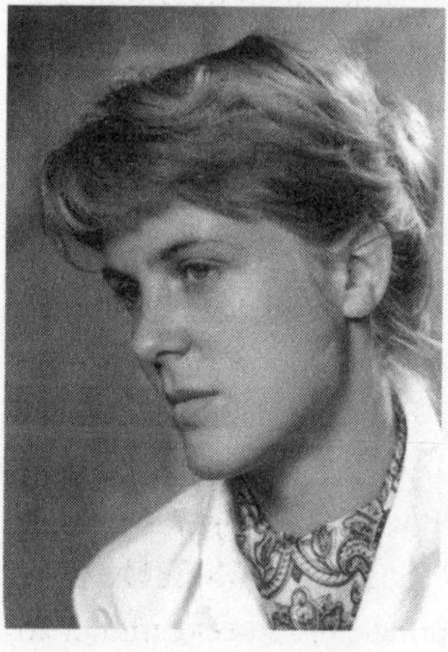

Veralore Schwirtz, geb. Weich (Anfang der 50er Jahre)

Brigitte Reimann (1951)

Burg, den 24. 3. 51

Meine liebe Veralore!

... Du hast mir tatsächlich seit Januar (!) nicht mehr geschrieben, trotzdem ich nach zwei unbeantworteten langen Briefen ein halbes Dutzend SOS-Kartenschreie nach Pyrmont gesendet hatte. Und gerade in den letzten zwei Monaten hätte ich Deiner lieben Briefe so bedurft! Wenn Du wüßtest, was inzwischen alles geschehen ist – ach, es ist einfach toll!

Augenblicklich stehen für mich dreierlei Geschehnisse im Vordergrund: erstens die Sache mit Kolja, zweitens das verdammte Abitur und drittens meine schriftstellerische (hm!) Tätigkeit. Um Dir die Tragikomödie mit Kolja zu schildern, bräuchte ich längere Zeit. Nur soviel: der arme Junge schwankt noch immer zwischen seiner blonden Eva (»Mehlsuppe mit Klunkern« heißt sie in meinen Verehrerkreisen) und mir. Wir sind alle drei völlig fertig – besonders ich bin einfach mit den Nerven 'runter, so lächerlich das klingen mag.

Dann macht mir das Abi Kopfschmerzen. In Mathe verhaue ich todsicher. Stell Dir vor – das schriftliche Abi ist schon vom 7.–12. Mai! Und ich habe keinen Schimmer! Seit man mir eröffnet hat, daß ich trotz meiner Glanzfächer keine 2 bauen kann, weil mir die 4 in Mathe alles versaut, habe ich sowieso keinen Ehrgeiz mehr und tue weniger denn je zuvor.

Und die letzte Neuigkeit: Meine ersten Laienspiele werden augenblicklich in Berlin gedruckt. Ich bin sehr glücklich, Du! Außerdem schreibe ich (trotz Klaus und Abi!) eine Erzählung (in Buchformat), die der Mitteldeutsche Verlag verlegen will. Von allen Seiten wird mir versichert, ich sei ungeheuer begabt und müsse unbedingt gefördert werden.

Nun leb wohl, Veralorchen – und schreibe mir endlich mal!

Herzliche Grüße

Deine Brigitte

Stell Dir vor – zu dem großen Ball im April habe ich schon ein halbes Dutzend Einladungen von Verehrern, die Klaus aus dem Felde geschlagen glauben. Ich warte aber auf Kolja. Todschickes Abendkleid!

Burg, d. 2. 4. 51

Meine liebste Veralore!

Eben habe ich Deinen Brief erhalten und bin – die Wahrheit zu sagen – stark angeknaxt. Und doch: Du hast in allem, was Du über mich schreibst, so sehr recht, jedenfalls von Deinem Standpunkt aus. Das »leichte Mädchen« nehme ich Dir natürlich nicht übel – ich bin jetzt selbst überzeugt, daß mein Brief damals stark danach geklungen hat. Aber das, was in Berlin in mir war an Empfindungen und Eindrücken, das kann kein Mensch schildern, geschweige denn ein anderer verstehen. Denk an G. und miß danach meine Verzweiflung, gesteigert durch meine unglückselige Leidenschaftlichkeit und die Erinnerung an das, was mich an Kolja kettete. Ich sah keinen Ausweg mehr – und da redete ich mir ein, man könne in dem, was manche »das Leben« nennen, den Schmerz betäuben, kurz, man könne »vergessen«. Welch eine Phrase! Natürlich kann man nicht; das mußte ich sehr bitter spüren. … Ich bildete mir tatsächlich ein, als ein anderer Mensch, erhaben über meine lächerlichen Amouren, von Berlin zurückgekommen zu sein. Ich war wirklich nicht mehr Brigitte – wenigstens zwei, drei Tage lang nicht mehr. Ja, und dann brach der ganze eingebildete Stolz, die eingeredete Stärke und Gleichgültigkeit Kolja gegenüber so kläglich zusammen!

Ach, wie bitter hat sich das alles für mich gerächt – so unschuldig ich im tiefsten Grunde daran war. Du schreibst, man könne meinen Kummer mit Kolja nicht so ernst nehmen, weil er ja doch zurückkomme. Nun, die Hoffnung ist gründlichst zerbrochen! Er ist ganz gegangen – oder vielmehr, der letzte Stolz des Weibes in mir hat ihn endlich fortgejagt – freilich erst nach wie langer Zeit voll entwürdigender Demütigungen! Trotzdem Eva offiziell seine Freundin ist, kam er immer wieder zu mir. Warum? Veralore – ich möchte wahnsinnig werden – verzeihe das harte Wort: Er kam, wenn er ein Mädchen brauchte. »Brauchte« in des Wortes niedrigster, gemeinster Bedeutung. Veralore, verachte Deine unglückliche Brigitte nicht – ich habe ihm immer nachgegeben; obwohl ich im tiefsten Inneren die furchtbare Wahrheit ahnte und sie ihm in guten Stunden (wie wenige waren das!) hart ins Gesicht sagte, so glaubte doch mein dummes Herz immer und immer wieder seinen heiligen Schwüren und Beteuerungen, seinen falschen Versprechungen (heute weiß ich, oder glaube es zu wissen, daß sie bewußt falsch und nicht aus dem Rausche des Augenblickes geboren waren) und ließ sich allen Vernunftgründen gegenüber einschläfern.

Oh, dieser Schuft hat mich in gemeinster Weise mißbraucht – körperlich wie geistig (ich habe ihm alle Hausaufsätze geschrieben), und ich habe es mir gefallen lassen in der eitlen Hoffnung, ihn dadurch wieder an mich zu fesseln.

Nicht wahr, jetzt verachtest Du mich, Veralore? Du sollst es sogar – es war alles so gemein, so niedrig – ich habe mich zutiefst gedemütigt, und wenn sich mein Stolz in mir aufbäumte, dann war doch immer meine »Liebe« (oder was ich dafür hielt) stärker und ließ mich geduldig alles ertragen.

... Zum Glück komme ich bald fort von Burg – nach Berlin, und bis dahin werde ich ein sehr stilles und einsames Leben führen, obwohl mich wieder mehrere einstige Nebenbuhler Koljas verfolgen. Ach, sie sind mir alle so gleichgültig, ja ekelhaft!

Oft bin ich so schrecklich mutlos und müde –

Leb wohl, meine liebste Freundin, und denk nicht zu schlecht von Deiner

Brigitte

Burg, den 20. 4. 51

Meine liebste Veralore!

Hab meinen herzlichsten Dank für Deinen lieben, klugen Brief! Ach, wenn Du wüßtest, in welche Stimmung er hineinkam! Kolja ist zu mir zurückgekommen – Aber welch eine Rückkehr, Veralore! Sie ist trauriger fast als die ganze Tragikomödie vorher und vor allem – sie reibt mich weit mehr auf, als das vorher der Fall war. Nun ja, er besucht mich wieder pünktlich jeden Tag, aber ich kann mich oft des Gefühls nicht erwehren, daß es eine Art Anstandsbesuch ist. Über eines freilich darf ich völlig beruhigt sein: Daß er mich nicht aus Mitleid besucht. Ach nein, denke nur das nicht – Mitleid hat er sich längst abgewöhnt. Das spüre ich aus jedem, selbst seinen wenigen zärtlichen Worten. Er ist anders geworden; wenn ich über die Kränkungen, die er mir immer wieder – meist unbewußt – zufügt, weine, steht er geradezu zynisch grinsend daneben und droht, sofort auf Nimmerwiedersehen zu verschwinden, wenn ich nicht mit diesen »Albernheiten« aufhörte, mit denen ich ihn doch nur wieder »unter den Pantoffel« bringen wollte. …

Ich bin oft zutiefst erschreckt, wie fremd er mir geworden ist. Er ist mir so entglitten, daß wir kaum noch in den von poetischen Leuten sogenannten »seligen Stunden« zueinander finden – die ohnehin von meiner Seite mehr eine Art Resignation sind, um ihn nur zu halten. Denn das ist ja das Furchtbare – so sehr ich fühle, daß wir niemals mehr die schöne Zeit von einst wieder aufbauen können, so sehr ich ihn manchmal hasse – ich kann einfach nicht zum letzten Male sagen: »Geh und komm nie wieder!« Nein, ich warte oft bis in die tiefe Nacht (gestern kam er erst um 22.30), mit einer widerstrebenden Sehnsucht auf ihn, die mich zu jeder anderen Arbeit unfähig macht. Und das zwei Wochen vor dem schriftlichen Abitur! …

Ich bin bloß froh, wenn ich erst einmal das dumme Abitur hinter mir habe! Trotzdem es mir, ehrlich gesagt, nicht allzu viel Sorgen macht, da ich die Hoffnung auf eine 2 längst aufgegeben habe. Bei den hier herrschenden strengen Bestimmungen ist es eine glatte Unmöglichkeit, mit einer 4 in Mathe das Abi mit 2 zu bauen, steht man auch sonst noch so gut – es sei denn, es geschehe ein Wunder, und ich schriebe in Mathe eine gute 3. Aber leider sind wir aus dem Zeitalter der Wunder ja heraus! Ich bin auch in der Beziehung gar nicht mehr so überaus ehrgeizig, denn wenn ich wirklich einmal ein halbwegs anständiger Schriftsteller werde, pfeife ich sowieso auf mein Abiturzeugnis.

Trotz dieser Überlegungen aber ist die Aussicht aufs Abi

doch eine gewisse peinliche Hemmung meines Faulenzertriebes. Aber warte nur, nach dem Abi! Ich habe große Pläne – schreiben muß ich, unbedingt schreiben. Ich bin ja bis zum Kopfzerspringen mit Ideen gefüllt. Eigentlich hatte ich ja die Ambition, noch mit 17 Jahren mein erstes (natürlich nicht umfangreiches) Buch herauszubringen, aber in Anbetracht dessen, daß das mündliche Abi erst im Juni ist, wird das wohl nichts werden.

Wie steht es denn mit Deinen Berufsaussichten, Veralore?

Noch eins: Du lädst mich nach Bad Pyrmont ein. Mensch, sag mal, ist das Dein Ernst oder bloß ein Witz? Ich würde mich ja wahnsinnig freuen, Dich mal wiederzusehen und für ein paar Tage aus diesem ganzen Elend und Stumpfsinn 'rauszukommen, aber es scheint mir doch bedenklich, ob Deinen Eltern eine solche Last wohl angenehm wäre. Vielleicht wirst Du, wenn Du mich nun richtig kennenlernst, enttäuscht und verärgert sein, denn ich bin wirklich ein schrecklicher Mensch geworden!

Runzle, bitte, nicht die schöne Stirn und halte soviel Selbstkritik (bei uns ein überaus aktuelles Wort, Du!) für Angeberei. Wirklich – ich bin seit der Affäre Kolja zutiefst von meinem eigenen Unwert überzeugt und meist deprimiert bis zur Schwermut, die dann manchmal in wahnwitzige Lustigkeit umschlägt – und hinterher doppelt reut.

Es ist fast 7 Uhr – Kolja muß bald kommen. Vermutlich sitzt der augenblicklich noch bei Eva. Wie sagt doch Marquis Posa? – »Königin – das Leben ist doch schön!«

Es grüßt und küßt Dich von ganzem Herzen, meine einzige und beste Freundin Veralore,

Deine Brigitte

Burg, den 12. 5. 51

Meine liebste Veralore!

Vorgestern erhielt ich Deinen lieben Brief, zu dem ich Dir so viel zu sagen habe, daß ich Dir am liebsten sofort geantwortet hätte. Aber ich stand mitten im schriftlichen Abitur und mußte immer zur nächsten Arbeit die Schummelzettel am Nachmittag vorher fertigmachen – und natürlich auch noch ein bißchen Vokabeln und Regeln lernen. Aber, Gott sei Dank!, heute sind wir endlich fertig mit dem Schriftlichen. Hoffentlich hast Du recht fest die Daumen für mich gedrückt – ich ahne schon die schrecklichsten Ergebnisse. Am ersten Tag schrieben wir eine russische Nacherzählung, einen Leitartikel aus der »Prawda«: »Die allesbesiegende Kraft der Idee Lenins und Stalins«. Nun, darüber ließ sich stundenlang spinnen, und ich rechne, bescheiden, wie ich bin, mit einer guten 3. Der nächste Tag war weniger erfreulich: er brachte Mathematik und einen phänomenalen Reinfall. Zum Glück war ich mit dem herrlich beruhigenden Gefühl zur Schule gegangen, unter allen Umständen die Arbeit zu verhauen, welche Ahnung denn auch prompt sich bewahrheitete. Ich hoffe aber, die 5 in Mathe wieder durch Deutsch, meine einzige Stärke, herausgeholt zu haben. Das deutsche Thema war politisch und schöngeistig und lag mir ganz gut. Englisch war leider auch mies – unser liebenswürdiger Pauker hatte einen derart schweren Text ausgewählt, daß jeder etwas anderes verstand, und wir uns nachher halbtot lachten über den so verschiedenartigen Blödsinn, den wir da geschrieben hatten. Heute machte den feierlichen Abschluß Latein, in dem ich sonst (dank meiner Phantasie beim Übersetzen, denn von Grammatik habe ich keine Ahnung!) immer die besten Arbeiten schreibe. Ich war 80 Minuten eher als die anderen fertig und brach damit meinen eigenen Rekord, den ich während des ganzen Abis im »Zuerstfertigwerden« aufgestellt hatte. Das Mündliche ist Anfang Juni.

Entschuldige, bitte, daß ich mich gar so lange über diese dummen Schulgeschichten ausgelassen habe. Eigentlich hatte ich gar nicht die Absicht, so weitschweifig vom Abi zu erzählen, aber jetzt merke ich erst, wie sehr die Aufregung doch in mir gefressen hat, so ruhig ich auch zu allen Arbeiten gegangen bin. Apropos Schulgeschichten: Deine Erzählung aus Deiner Klasse, wo Ihr das seltsame Experiment mit der unbeaufsichtigten Arbeit gemacht habt, hat mich stark beschäftigt. Ich kann Deinen Ärger und Deine Scham gut verstehen, obwohl ich persönlich bestimmt nicht vorher dafür gestimmt hätte, denn ich glaube, ich hätte, wenn ich die Betrügereien der anderen gesehen hätte, auch geschmuggelt. D. h., beim Abi habe ich gar nicht geschummelt, so sehr es auch die anderen haben – bei Mathe war sowieso nichts mehr zu retten, und in den anderen Fächern konnte ich alles. Übrigens ist unser junger Direktor von ähnlichem Ehrgeiz besessen wie Euer Lehrer – nur mit dem Unterschied, daß unser Karl-Heinz auf dem Boden der Wirklichkeit bleibt und sich völlig klar darüber ist, daß er solch ein Vertrauen in unsere Generation noch nicht setzen kann. Er glaubt es, wie in der Sowjetunion bei den Komsomolzen, auf der Grundlage der F.D.J.-Erziehung, des vielgerühmten »Bewußtseins« durchführen zu können, aber ich persönlich stehe auch diesem Bewußtsein recht skeptisch gegenüber. Immerhin aber habe ich größte Hochachtung vor Deiner Standhaftigkeit und spreche Dir meine ehrliche Bewunderung aus. Ich glaube, Du bist überhaupt ein viel besserer und charakterlich wertvollerer Mensch als ich. In Deinen Briefen ist etwas so über Dein Alter hinaus Reifes und Vernünftiges, daß ich mir manchmal schrecklich albern vorkomme. Vernünftig bin ich eigentlich nie – bloß oft traurig und bedrückt, und ernst nur im Gespräch mit Menschen, die ich achte. Und das sind verdammt wenige, Du – Bitte, faß das nicht als Überheblichkeit auf, aber es ist wirklich so: gern habe ich recht viele, aber wirkliche, tiefe Achtung habe ich nur vor wenigen, wobei es mir dann keineswegs auf den Stand der Geistesbildung ankommt. So kommt es, daß sich in meiner Kategorie der Achtenswerten sowohl alte, erfahrene Leute als auch fast noch unreife Jugendliche befinden. Es sind eigentlich alles Menschen, an denen ich Eigenschaften bewundere, die selbst zu entfalten ich mich unfähig fühle. Siehst Du, darum gehörst Du auch zu den wenigen – weil Du anders bist als andere Mädchen unseres Alters, weil Du denkst und fühlst, verstehst Du? Über alles machst Du Dir so tiefe Gedanken, grübelst über Dinge, über die ich, sei es aus Leichtsinn oder Ungeduld, einen flüchtigen Sprung mache, trotzdem ich oft viel später einsehen muß, daß sie sich eben doch nicht so einfach ignorieren lassen. …

Und nun zum Kernpunkt Deines Briefes: Deine Einladung. Mensch, ich wäre vor Begeisterung bald an die Decke gegangen. Aber, was glaubst Du denn, was ich alles von so einem Besuch bei Dir erwarte? Daß Du mir »in gesellschaftlicher Hinsicht nicht viel bieten kannst« – Mensch, ich komme doch Deinetwegen, Veralore! Und wegen des Essens und so brauchst Du auch wirklich keine Sorgen zu haben – erstens bin ich ohnehin nicht an ein üppiges Leben gewöhnt, zweitens befinde ich mich ständig in Hungerkuren, die mir so gut wie nichts gestatten, um meine mir persönlich unerklärliche Fülle zu beseitigen. Mir ist so warm ums Herz geworden – richtig körperlich warm, verstehst Du – als ich Deine lieben Worte las. Du, mach Dir bloß nicht solche Illusionen von mir. Ich besitze weder ein gutes Äußeres noch Inneres. Es wäre mir schrecklich, Dich zu enttäuschen. Viele Menschen nennen mich »black devil«, was mein schwaches Englisch mit »schwarzer Teufel« übersetzt. Einen gar zu großen Schreck darfst Du jetzt aber auch nicht kriegen – ich kann schrecklich liebenswürdig sein.

Deine Idee mit den Artikeln ist übrigens glänzend – Wenn ich hier bloß einen Interzonenpaß kriege! Meine Eltern halten mich für viel zu dumm und ungeschickt (und das mit Recht!), allein schwarz über die Grenze zu gehen. Aber es wurde mir schon gesagt, daß ich bei meiner politischen Einstellung keine Schwierigkeiten zu befürchten hätte. Ich stehe nämlich immer noch im Rufe klarster ideologischer Ausrichtung!

Du willst, daß ich endlich aus Koljas Gesichtskreis verschwinde. Du hast so recht – und doch werde ich mich vor Sehnsucht nach ihm verzehren. Wenn Du wüßtest, was ich augenblicklich (es ist Sonnabend 23.30) bei Tanzmusik empfinde! Kolja ist über Pfingsten mit seiner Fußballtruppe nach Hamburg gefahren – er ist doch jetzt Spielführer und so rührend stolz auf seine neue Würde, daß man über diesen reizend kindlichen Zug an ihm viel Schlechtes vergißt. Ach, und er ist vielleicht nicht einmal bewußt schlecht! Er ist nur so schrecklich unbedacht, unreif und oft unwillkürlich verletzend. Manchmal hasse und liebe ich ihn zugleich mit einer Leidenschaftlichkeit, die mich selbst rasend machen könnte, daß ich ihn erwürgen und heiß küssen möchte. Wahnsinn, nicht wahr? Bitte, hasse ihn nicht –

er ist ja trotz seiner Männlichkeit fast noch ein Kind und weiß vielleicht gar nicht, was er an mir sündigt. Er war auch seit langer Zeit nicht mehr bei Eva, jeden Tag aber bei mir, ohne etwas von mir zu verlangen. Manchmal glaube ich fast, es könnte noch einmal alles so werden wie früher, aber das sind wohl vergebliche Hoffnungen, noch dazu, da ich bald fortgehe zum Studium. … Ich habe nämlich meine Bewerbung für die Abteilung Theaterwissenschaften im Deutschen Theaterinstitut Weimar eingereicht. Die Verbindung nach Weimar ist umständlich und teuer, so daß ich nur selten nach Hause kommen kann. Ein Glück, daß ich da in Weimar in einem Internat leben werde – wir studieren und wohnen im Schloß Belvedere – und dadurch ständig mit anderen jungen Menschen zusammen sein kann. Aber es steigt mir immer heiß in die Augen, wenn ich an unseren Abschied denke, denn mit ihm wird sich meine wirklich sorglose Jugend im Schutz des Elternhauses, wird sich meine erste wirkliche Liebe und Sünde verabschieden. In solchen Augenblicken fühle ich erst so recht, wie viel Schweres es im Leben gilt, worüber man bei anderen lächelt und an dem man selbst fast zerbricht. – Ich muß dabei an Shakespeares herrliches Wort denken: »Der Narben lacht, wer Wunden nie gefühlt.«

Deine Brigitte

Zum Glück ist mein Laienspiel inzwischen beim Verlag gelandet, so daß ich mein Geld bald kriege (hoffentlich!) und mich noch einkleiden kann, um bei Euch nicht zu »ostzonal« zu wirken. Unsere HO hat auch wirklich schicke Sachen.

Burg, den 1. 6. 51

Meine liebste Veralore!

Erinnerst Du Dich noch, wie Du mir einmal schriebst, Du wolltest zu mir halten, selbst wenn ich zehn uneheliche Kinder hätte, und ich überheblich antwortete, ich hätte die Absicht, nicht einmal ein Kind zu bekommen?

All das hat sich bitter gerächt. Erschrick nicht, meine liebste Veralore – ich erwarte ein Kind von Kolja. Es ist mir selbst unbegreiflich – ein Kind! Kannst Du erahnen, was das heißt? Nein, Du kannst es nicht – bin ich doch selbst fassungslos. Ich habe es seit einiger Zeit geahnt, aber doch nicht ernsthaft mit einer Bestätigung meiner furchtbaren Ahnung gerechnet. Ach, Veralore, kannst Du Deiner sündigen Brigitte das verzeihen? Magst Du mir überhaupt noch schreiben? Das einzig Gute bei diesem Trauerspiel ist nur, daß es zwischen Kolja und mir wieder wie früher ist. Er ist rührend lieb zu mir, obwohl er noch gar nicht die ganze Tragweite des Unglücks begriffen hat. Er vertraut voll und ganz meinem Arzt, der sich übrigens fabelhaft benommen hat. Die bekannten Hausmittelchen haben nicht geholfen, die einzige Rettung ist Chinin oder – einige Zeit aus Burg verschwinden. Das hieße aber, daß Vati und Mutti alles erfahren müßten – und damit verbunden wäre, daß sie mich aus dem Haus werfen oder mir in Zukunft jeden Verkehr mit Klaus verbieten.

Ich denke gar nicht nach – ich glaube, wenn ich mir alles ausmale, werde ich wahnsinnig. Das Schlimmste ist – Chinin gibt es offiziell gar nicht, und wir müssen es uns irgendwie unter der Hand besorgen. Wie wir beide allein das schaffen sollen, ist mir rätselhaft.

Ach, Du, es ist eine furchtbare Lehre für die Zukunft, falls ich die erlebe. Denn ehe ich meinen Eltern die Schande bereite, ein uneheliches Kind zu bekommen (eine Heirat ist doch in unserem Alter ausgeschlossen), mache ich Schluß – irgendwie. Ein paar Röhren Spalt-Tabletten werden mir gnädig ins Jenseits helfen, hoffe ich. Wenn ich noch an Gott glaubte, würde ich jetzt beten. Aber nicht einmal den Trost habe ich armes, verdammtes Weltkind!

Dazu kommt, daß bei uns nächste Woche Abitur ist. Wie ich das in meiner augenblicklichen Stimmung bestehen soll – Mir ist nämlich nicht nur seelisch, sondern auch körperlich sterbenselend zumute. Die vielen heißen Bäder (die leider nicht geholfen haben) sind mächtig übers Herz hergegangen und haben mich (wenigstens ein Trost) richtig mager gemacht.

Weißt Du, ich glaube manchmal, ich weiß selbst noch nicht ganz, was dieses Kind für mein Leben bedeutet. Wenn ich es mir richtig klarzumachen versuchte, würde ich sicherlich von morgens bis abends weinen. Kannst Du Dir vorstellen, daß ich manchmal darüber grübele, ob das Kind – mein und Koljas Kind – blaue oder braune Augen haben, was es für ein Mensch werden würde? Ach, es ist eine furchtbare Sünde, solch ein winziges, keimendes Leben zu töten. Wir beide sprechen manchmal lächelnd über »unser Kind« – Klaus mag die Namen »Nelli« und »Ödipus« so gern. Seltsam, daß man in einer solchen Lage noch scherzen kann. Oder nein – es ist gut, daß man es noch kann! …

Burg, den 23. 6. 51

Meine liebste Veralore!

Endlich komme ich Treulose dazu, Dir Deinen Brief zu beantworten. Dieses »endlich« ist um so erstaunlicher, als ich an sich gar nichts mehr zu tun habe, seit ich das Abitur glücklich hinter mich gebracht habe, und doch bin ich ewig beschäftigt – teils sogar mit sehr aufregenden Dingen. Kurz gesagt, handelt es sich um Folgendes, das ich jetzt der Reihe nach ausführlicher besprechen werde: Abitur, Aufnahmeprüfung zur Theaterschule Weimar, Vorbereitungsarbeiten zum Abifest, endgültiger Abschied von Klaus und – bitte, falle nicht um – ein Kind.

Ich will mit dem letzten Punkt gleich zuerst beginnen. Ja, wirklich, kurz vor dem Abitur mußte ich feststellen, daß wir beide »Pech« gehabt hatten. Welch ein leichtsinnig-oberflächliches Wort für solch eine Tragödie! Was soll ich darüber sagen? Ich schicke Dir den Brief mit, den ich damals in meiner Verzweiflung an Dich schrieb und doch nie absandte. Vielleicht kannst Du dann ein wenig nachfühlen, was ich in dieser furchtbaren Zeit empfand.

Wir haben noch einmal Glück gehabt – eine Flasche Rotwein hat mir geholfen. Meine Eltern haben freilich alles erfahren, aber da es am Abend meines glücklich bestandenen Abiturs war, konnten sie mir nicht böse sein.

Wirklich, Klaus ist noch einmal reizend nett zu mir gewesen. Aber wenige Tage nach dem Abi – einen Tag, nachdem er mir seine Liebe versichert hat, sind wir wegen einer Lappalie in Streit geraten, und wenige Tage darauf, am 16monatigen Kuß-Jubiläum, für immer auseinandergegangen. Ich weiß jetzt, daß dieser kleine Streit, wenn nicht von ihm inszeniert, so ihm doch als Anlaß herzlich willkommen war, um mit mir Schluß zu machen, nachdem ich aus der schlimmen Gefahr war, denn er hat wieder eine andere. Wen, das weiß ich nicht und es interessiert mich auch herzlich wenig. Wir sind zum Glück ohne Feindschaft geschieden – eher traurig, denn auch er ist tiefunglücklich verliebt, und ich kann ihm in meiner lächerlichen Gutherzigkeit mein Bedauern nicht versagen.

Ich glaube, Veralore, es tut mir gar nicht mehr so weh. Der leidenschaftliche Haß, den ich oft für ihn empfand, und die glühende Liebe sind unter der schmerzlichen Erinnerung unzähliger demütigender Stunden verflogen. Vielleicht – aber das wage ich noch nicht klar zu Ende zu denken – war unsere ganze »große Liebe« nur auf der Gewöhnung aneinander und unserer Sinnlichkeit aufgebaut. Ich gebe mir Mühe, nicht mehr an ihn zu denken, ja ich schiebe bewußt andere Gestalten vor sein Bild – und meine mir selbst fast unbegreifliche Überwindung lehrt mich ruhig zu werden. ...

Ach was, das Leben hat noch so viel Schönes für mich bereit – wie sollte ich nicht bald darüber den Menschen vergessen, der mich so gequält, betrogen und erniedrigt hat. In dieser Auffassung (ich meine jetzt die erfreulichen Überraschungen, die das Schicksal für mich noch in petto hat) hat mich vor allem auch mein Besuch im Theaterinstitut Weimar bestärkt. Doch davon später!

Erst noch ein paar Worte über das Abitur. Trotz meiner 5 in Mathe stand ich in allen Fächern so gut, daß ich außer in dem für alle obligatorischen Pflichtfach Geschichte-Gegenwartskunde nur in meinem Wahlfach Deutsch reinkam, in dem ich brillant abschnitt. Ich hatte übrigens bei der ganzen Sache mehr Glück als Verstand und zog mich nur durch meine erstaunliche Beredsamkeit aus der Schlinge. In Geschichte hatte ich nämlich ein fürchterliches Thema, über das ich effektiv gar nichts wußte. Trotzdem – oder vielmehr: gerade deshalb – habe ich geredet wie aufgezogen – Gott weiß, was alles! – und mein Vortrag mit so vielen

Frechheiten und Witzen garniert, daß die Prüfungskommission begeistert war und sich halbtot lachte. Ich wußte ganz genau, daß mich bloß eine göttliche Unverschämtheit retten konnte, und blitzte unseren Prüfungsvorsitzenden mit Blicken an, die ein Walroß aus der Ruhe gebracht hätten. Zum Glück brachte er wegen meines angeblich genialen Deutschaufsatzes bereits erhebliche Sympathien für mich mit und freute sich von Herzen über die »temperamentvolle Schauspielerin«, wie er mich nannte. Einer unserer Lehrer drückte die allgemeine Stimmung des Kollegiums in den klassischen Worten aus: »Gewußt hat das Luder nischt – aber gequasselt hat sie wie ein Buch. Und ein Auftreten hat sie – wie eine erfolgsgewöhnte Operettendiva!« (Eine recht zweideutige Schmeichelei!)

Nun, und in Deutsch hatte ich natürlich keine Angst und legte einen Vortrag hin, für den mir sämtliche Lehrer nachher tiefgerührt die Hände drückten und versicherten, es wäre ein Genuß gewesen und überhaupt – »Schmuck der Anstalt« (wörtlich!) und so weiter. Es war zum Piepen! Na, wenn sie mich in Sprachen oder Naturwissenschaften reingenommen hätten, wäre ich jämmerlich durchgerauscht.

In Mathe hat man gnädig sämtliche Hühneraugen zugekniffen und sich damit um ein herrliches Gaudi gebracht.

Am Abend der Urteilsverkündung (zwei sind durchgefallen: Eva K. und Margit W., falls Du sie noch kennst) sind wir noch trinken gegangen und haben, völlig blau natürlich, mit den ebenso betrunkenen Lehrern in der HO feierlich Verbrüderung getrunken. Am 7. soll nun großer Abschiedsball sein. Ich bin Chefredakteur der Abizeitung (sie wird richtig gedruckt) und habe in meinem Redaktionskollektiv vier Jungen, von denen der eine, Peter, mein richtiger treuer Freund ist, während die drei anderen mehr oder weniger verliebt in mich sind. Du kennst mich Biest ja – es macht mir Spaß, mal mit dem und mal mit jenem zu flirten und die anderen eifersüchtig zu machen. So herrscht in meinem Zimmer jeden Nachmittag ein herrlicher Krawall, der mir in seiner fröhlichen Ausgelassenheit viel über meinen Liebeskummer hinweghilft.

Nun noch zu Weimar! Ich weilte jetzt kürzlich ein paar Tage auf Schloß Belvedere, um meine Aufnahmeprüfung zum Theaterinstitut abzulegen. Es ist da oben so reizend, daß man es sich kaum vorstellen kann. Ein romantisches Rokokoschloß, in dem schon Goethe häufig zu Besuch weilte, ein unbeschreiblich herrlicher, riesiger Park, in dem verstreut unsere Studentenwohnheime stehen – das Institut ist Internat – Herz, was begehrst du mehr? Freilich, fortschrittlich ist es – so ungeheuer fortschrittlich, daß es sogar mir fast zuviel ist. Theaterwissenschaften scheint man mehr nebenbei zu haben – im Vordergrund stehen Gesellschaftswissenschaften. Dazu kommen Russisch, Florettfechten und Schauspiel – also, genug zu tun haben wir.

Das Menschenmaterial ist reichlich gemischt. Das Institut umfaßt ganze 68 Personen, von denen nur wenige Mädchen sind – und das sind noch dazu völlig verrückte Schrauben, meist Schauspielschülerinnen, zum Teil uralt und zu 90 % unhübsch – gelinde ausgedrückt. Ich bin das jüngste Kücken in dem ganzen Verein. Ein paar schöne Bengels sind allerdings auch dabei.

Die Prüfung selbst war ziemlich hart. Über zwei Stunden haben sie mich ausgequetscht, und dann mußte ich noch eine Schauspielprüfung ablegen. Und stell Dir vor – mich fortschrittliches Mädchen hat man als zu »bürgerlich« nur mit Bedenken aufgenommen, weil ich »subjektive Einstellungen«

hätte und »individualistisch« wäre (ein furchtbares Verbrechen, findest Du nicht auch?!). Man nahm mich nur auf die dringende Bitte des F.D.J.-Vertreters, der sich verpflichtet hat, mich von meinem Individualismus zu befreien und in das Kollektiv einzufügen. Du ahnst gar nicht, was »das Kollektiv« gerade bei uns Theaterleuten (hu, wie das klingt!) bedeutet. Man hatte ehrlich Angst, ich könnte den Leutchen ihr schönes Kollektiv kaputtmachen. Ach, Veralore, Du würdest staunen, was man hier so alles erlebt!

Auf der Reise habe ich einen bildhübschen jungen Menschen kennengelernt – mit den herrlichsten braunen Samtaugen, die ich je gesehen habe. Wir haben »versehentlich« unseren Zug verpaßt und »mußten« die ganze Nacht (6 volle Stunden) im Kasino auf dem Magdeburger Bahnhof sitzen. Es war prachtvoll! Wir haben uns gleich bis über beide Ohren ineinander verknallt. Heinz hat mir schon geschrieben – am 1. Juli wollen wir zusammen zu einem großen Fußballmatch in den Harz fahren. Hoffentlich erlaubt es Mutti! Nun halt mich aber nicht für leichtsinnig. Ein Mensch wie Heinz ist zu nichts Bösem fähig. Man braucht ihm nur einmal in die großen unschuldigen Augen zu schauen, um zu wissen, daß man einen Menschen von seltener Herzensreinheit vor sich hat. Sieh, und der Heinz erleichtert mir die Sache mit Klaus auch so wie kein anderer. Wenn Du ihn sähest – Du müßtest ihn einfach gern haben.

Wahrhaftig, ich komme ins Schwärmen. Nichts mehr davon.

Und nun zum letzten und wichtigsten Punkt – den Du wahrscheinlich schon geahnt hast – ich kann im Sommer nicht zu Dir kommen. Ich wundere mich selbst, daß ich das jetzt so ruhig niederschreiben kann, wo ich doch noch vor kurzem geheult und getobt habe deswegen. Einen Interzonenpaß gibt es beim besten Willen nicht – und schwarz kann und darf ich nicht über die Grenze gehen. Du machst Dir ja gar keinen Begriff, wie heute diese unglückselige Grenze von beiden Seiten bewacht ist! Ich sprach neulich mit ein paar Grenzpolizisten, die mir versicherten, daß höchstens mal ein ganz geriebener Fuchs rüberkommt, nie und nimmer aber ein so dummes, hilfloses Küken wie ich. Und die Grenzer sind völlig unbestechlich. Ganz klar, daß wir nur unsere besten, zuverlässigsten Leute auf einen so verantwortlichen Posten schicken.

Ach, Veralore, und ich habe mich so auf Dich gefreut! Wenn ich noch so agitationswütig wäre wie früher, dann würde ich Dir vorhalten, wie wichtig der Friedenskampf ist, damit endlich nicht mehr private Beziehungen durch jene politischen Schranken zerrissen werden. Aber mir ist gar nicht nach Agitieren zumute. Und trotzdem, wenn Du ein bißchen aufgeklärter denken würdest, würde ich Dich bitten, mit einer westdeutschen F.D.J.-Delegation im August nach Berlin zu den Weltfestspielen zu kommen. Mensch, das wäre eine Sache! Erstensmal könnten wir uns dort 14 Tage lang sehen, und dann ist es da so ungeheuer interessant, daß wir um ein Amusement nie verlegen sein würden. Aber das ist ja auch bloß ein schöner Traum oder, wie ich einmal las, eine »Idee wie Maria Stuart: – schön, aber unglücklich«. …

Deine Brigitte

PS. Übrigens habe ich mir durch die Abtreibung den Körper so zerrüttet, daß ich mich wahrscheinlich operieren lassen muß. K. weiß natürlich nichts davon.

Burg, den 24. 7. 51

Meine liebste Veralore!

Wie hatte ich mich nach einem noch so kleinen Briefe von Dir gesehnt! Ich glaubte wahrhaftig schon, Du wolltest tatsächlich nichts mehr von mir wissen – aber nein, ich habe es nicht geglaubt – dazu meinte ich Dich zu gut zu kennen – wohl aber habe ich es im letzten, bangsten Herzenswinkelchen gefürchtet.

Dein Brief hat mich in einer Stimmung angetroffen, die ich mit »Überdruß« am treffendsten charakterisieren möchte. Nicht »Lebensüberdruß« – ach, nein, dazu glaube ich noch allzu viel Schönes vor mir zu haben, vielmehr ist es eine allgemeine Übersättigung und Apathie. Die Ursachen sind zum geringsten Teile auf psychologischem Gebiete zu suchen, zum größten jedoch auf rein physiologischem. Seit ich mein Kind abgetrieben habe, leide ich furchtbar unter ewigem Unwohlsein, das mich auf die Dauer in jeder Beziehung tief deprimiert. Nun, Du wirst Dir ja so ungefähr meine Gefühle ausmalen können – Tag für Tag von schrecklichen Schmerzen des Körpers und dementsprechenden der Seele gequält zu sein. Nicht, daß ich etwa heftige Reue empfände – ich halte Reue überhaupt für eines der törichtesten und nutzlosesten Gefühle, die der Mensch erfunden hat –, ich bin mir klar darüber, daß ich »gesündigt« habe (wenn Du es so nennen willst) und nun die natürlichen Konsequenzen ziehe. Nur einmal habe ich mit meinem Geschick gehadert – als ich erfuhr, daß ich zur Operation in eine Magdeburger Frauenklinik muß (am 27. 7. trete ich dort an), während Klaus, der doch genau soviel Schuld trägt wie ich, sich an der Ostsee amüsiert. Er schreibt zärtliche Briefe, gewiß, aber was nützt mir das?

Hätte ich ihn selbst hier, so würde ich nicht das Leben führen, das mich jetzt selbst so anekelt. Durch das Abitur und die folgenden Festlichkeiten bin ich völlig unschuldig in mehrere Liebesaffären verwickelt worden, aus denen mich herauszuziehen ich jetzt keine Kraft mehr habe. Fünf hoffnungsvolle Jünglinge haben sich bei den eben erwähnten Gelegenheiten sterblich in meine Winzigkeit verliebt, und ich habe mich teils aus Trotz gegen Klaus, teils aus Gutmütigkeit und teils aus natürlicher Lust am Flirten mit ihnen beschäftigt. Als ich vor einiger Zeit einen heftigen Streit mit Klaus hatte, waren sie mir – zugegeben – auch wirklich ein Trost in meiner seelischen Einsamkeit, und ich habe ihnen der Reihe nach mehr Hoffnungen gemacht, als ich hätte tun dürfen. Du nennst mich nicht zu Unrecht leichtsinnig – ich habe tatsächlich meinen Spaß daran gehabt, sie gegeneinander auszuspielen, ihnen noch mehr den Kopf zu verdrehen und mit Eiseskälte im Herzen gar nicht vorhandene Gefühle zu erheucheln. Das ist bodenlos schlecht, das weiß ich wohl, aber ich hatte tödliche Langeweile (trotzdem ich es für ein Zeichen völliger Geistlosigkeit halte, Langeweile zu haben), ich war enttäuscht von dem, der mir mal das Liebste auf Erden war (und vielleicht noch ist), und geneigt, dieses Gefühl der Enttäuschung und daraus entspringender Rachsucht auf die gesamte Männerwelt zu übertragen, schließlich schmeichelte es auch meiner Eitelkeit, mich von in der Schule so anerkannten Jungen umworben, ja angebetet zu sehen und mich mit ihnen der Reihe nach in der staunenden Öffentlichkeit sehen zu lassen – Kurz, ich verstrickte mich damit in eine Sache, die peinlich zu werden drohte, denn jeder der fünf Getäuschten hält sich für meinen alleinigen Freund.

Jetzt kann ich bloß noch stöhnen: »Die Geister, die ich rief, werd ich nicht mehr los!« …

Vorgestern feierten wir meinen Geburtstag und machten dabei auch Pfänderspiele mit Küssen. Nun, ich war am Abend sehr aufgekratzt und in Hochstimmung, aber als ich den nächsten Morgen erwachte, da merkte ich zum ersten Male, daß mir diese ganze Küsserei bis zum Halse stand, daß mir übel war von dem aussichtslosen Verlangen, in dem ich Betäubung für mein ganzes Elend suchte. Da habe ich zum ersten Male gespürt, daß ich gar nicht leichtsinnig bin, sondern daß ich alle diese vorgetäuschte Oberflächlichkeit mit unzähligen Stunden Bitterkeit und ekelhafter Übersättigung erkaufen muß. Ach, Du, was gäbe ich darum, einmal wieder einen geliebten Mund küssen zu dürfen und wieder frei zu sein von der »Mords-Anbeterschar«, wie Klaus' Jungenjargon das nennt.

Ich möchte einmal wieder allein sein – und doch, wenn ich allein bin, komme ich in ein fruchtloses Philosophieren und Grübeln über Wert und Unwert des Lebens, und in meiner jetzigen Stimmung absoluter Mutlosigkeit lande ich doch immer nur wieder bei der Erkenntnis des Unwertes. Ich schaffe überhaupt nichts mehr – bin unfähig, die kleinste Zeile zu schreiben. Wenn Du mir nun Deine Freundschaft auch noch entzögest – Du bist enttäuscht über meine Leichtfertigkeit, mit der ich das Geschehene zu vergessen scheine. Ach, Du, nichts liegt mir ferner als das! Am deutlichsten spüre ich die unseligen Folgen in meiner ängstlichen Scheu vor männlichen Wesen. Lach mich nur aus – es ist wirklich so: Ich weiche mit einer Schüchternheit vor jeder Berührung zurück, die den Jungs immer wieder Stoff zur Verwunderung gibt.

… Ich preise mich glücklich, daß ich am 1. September hier verschwinden kann. Manchmal halte ich es für eine gerechte Strafe, wenn ich bei der Operation ordentliche Schmerzen habe.

Ich küsse Dich von Herzen, meine Einzige!

Deine Brigitte

Burg, den 5. 8. 51

Meine allerliebste Veralore!

Endlich will ich mich für Deine beiden Briefe revanchieren – und es soll nicht nur eine Revanche sein, sondern es ist mir wahres Herzensbedürfnis, Dir, meine beste Freundin, zu schreiben. Ich vermied in der ersten Zeile absichtlich die platte Bezeichnung »liebe« Briefe, denn sie scheint mir gar zu konventionell und abgeschmackt für das, was Du mir mit diesen Briefen gegeben hast.

Verzeih, wenn ich noch einmal schnell das liebe Ich in den Vordergrund stelle – desto unbeschwerter kann ich den Löwenanteil meines Schreibens Dir und unseren Problemen widmen. Ich bin gestern aus der Klinik entlassen worden und muß gestehen, daß ich mich trotz der liebevollen Fürsorge meiner nur zu gütigen Eltern ein bißchen zurücksehne, denn ich habe mich dort recht leidenschaftlich verliebt. Doch davon später. Meine Operation ist, wie es scheint, glücklich verlaufen, und ich habe nur selten noch besondere Schmerzen. Weit größer sind die inneren Schmerzen darüber, daß Klaus, der doch den gleichen Teil Schuld an dem Unglück trägt wie ich, nicht einmal etwas von sich hören ließ. Dabei ist mir die ganze Tragweite unserer Schuld erst so recht in der Klinik bewußt geworden, und ich habe manche bittere Träne der Scham und Selbstverachtung geweint. Nun, nichts mehr davon! Ich habe bei alledem so verständnisvolle und wahrhaft gütige Ärzte gefunden, daß ich nur immer wieder dankbar sein kann.

Besonders ein ganz blutjunger Arzt war rührend besorgt um mich und hat mir manche schmerzliche Stunde erleichtert und verschönt. Engel heißt er – und er trägt seinen Namen mit Recht. Wir haben beide buchstäblich auf den ersten Blick eine heftige Neigung zueinander gefaßt, und einer ist den dunklen Augen des anderen erlegen – denn auch er hat fast schwarze Augen. Es kommt wohl selten vor, daß einem mal sein »Typ« über den Weg läuft – das seltene Glück hatte ich. Glaubst Du mir, daß ich richtig glücklich war, wieder einmal die schmerzliche Seligkeit einer brennenden Verliebtheit fühlen zu dürfen, endlich mir einmal wieder beweisen zu können, daß ich nicht alles Gefühl an einen Unwürdigen verschwendet habe und für andere, Bessere, empfindungslos bin?!

Mancher mag mich um dieses »glückliche Naturell« beneiden, das mich befähigt, urplötzlich aus tiefstem Schmerz in himmelhoher Begeisterung für ein neues Ideal zu entflammen. Vielleicht auch mag mich mancher deshalb verachten und unbeständig nennen, aber es hat wohl weder der eine noch der andere recht, denn »nichts ist beständiger als der Wechsel« – verzeih diesen sophistischen Schluß. Indem ich ewig wechsle, erhalte ich mir eine funkelnde Diamantenkette von Glück, deren einzelne Steine nur getrennt (oder verbunden) sind durch kleine Perlen des Schmerzes, die das Ganze nur um so kostbarer und erstrebenswerter machen. Meine noch immer beständige Liebe zu Klaus wollen wir hierbei nicht erwähnen. Manchmal glaube ich, nach ihm nie wieder ein so tiefes Gefühl für einen Menschen hegen zu können, obwohl oder vielleicht gerade weil es das Erlebnis der ersten Hingabe, der ersten körperlichen Liebe birgt, verstehst Du?

Verzeih, ich langweile Dich. Veralore, Du hast mich erschreckt in Deinem Briefe, muß ich gestehen. Nicht nur durch die tiefe Melancholie, die aus allen Deinen Zeilen spricht, die – ich möchte fast sagen: Lebensmüdigkeit, sondern aus den recht sonderbaren – für einen Menschen wie Dich jedenfalls sonderbaren – Ansichten, die mir das traurigste Produkt Deiner düsteren Stimmungen scheinen. Ich erinnere an Deine seltsame Ansicht über Liebe und Ehe – ich zitiere wörtlich: –»also mußt Du darauf achten, wenn sich die Gelegenheit ergibt, einen Menschen später einmal zu heiraten, der mindestens ein Auto hat.« Weißt Du, was ein unbefangener Leser dieser Zeilen, der Dich nicht kennt, sagen würde? – Daß daraus der typische Geist bürgerlicher Dekadenz der kapitalistischen Gesellschaftsordnung spricht, daß es sich hier um eine junge Dame handelt, die sich langweilt, die kein Ziel vor sich sieht, die nichts hat, wofür sie mit aller Kraft und Begeisterung arbeitet, die, kurz gesagt, den Glauben an sich und an den Sinn des Lebens im allgemeinen verloren hat.

Ich als Deine Freundin muß Dir sagen, daß Du auf einem verhängnisvollen Irrweg bist, ja, daß es mich betrübt hat, gerade von Dir so etwas zu hören. Nein, ich kann mir nicht einmal vorstellen, daß diese Worte Dein voller Ernst sind. Solltest Du, Du warmherziges Mädchen, wirklich nicht mehr das Gefühl kennen, sich in flammender Zuneigung ganz einem Menschen hinzugeben – ohne Rücksicht auf alle äußeren Umstände? Oder konkreter gesagt: Würdest

Du es nicht fertigbringen, einen blutarmen Menschen – ohne Chic, ohne Finanzen – zu heiraten und dabei quietschvergnügt auf jeden »soliden Hintergrund« zu pfeifen? Doch, gesteh es nur – auch Du kannst das, und Deine müden Thesen vom »Mann mit dem Auto« sind nur ein Ausdruck Deiner dunklen Stunden, die mir doch, wie schon angedeutet, Zeichen einer gewissen Dekadenz scheinen; die bezeichnend sind für die ganze intelligente Schicht der westlichen Welt. Ich will um alles in der Welt nicht politisieren, aber ich frage Dich ernstlich: Sind nicht tatsächlich all' die verrückten Ideen, die sich bei Euch so breit machen, Ergebnisse jener Müdigkeit und Melancholie, die doch schließlich nur auf eben die vorhin erwähnte Zweck- und Ziellosigkeit Eures Lebens zurückgehen? Du fragst mich in Deinem ersten Brief, was eigentlich der Sinn des Lebens sei. Darin allein scheint mir die Quelle aller Deiner Sorgen zu liegen.

Ich habe auch schon oft über diese Frage nachgedacht. Wozu der Mensch im allgemeinen überhaupt existiert, wer uns auf diese schöne Welt gesetzt hat – darüber nachzugrübeln vermeide ich mit Rücksicht auf meine geistige Gesundheit – es sind schon größere Geister an dieser Frage zerbrochen. Tun wir den kühnen Sprung zu der Tatsache, daß wir nun einmal leben und dieses Leben doch irgendwie hinbringen müssen. Du hast jetzt zwei Möglichkeiten: einmal kannst Du Dir einbilden, Du wärest Deinen Nachkommen im engeren und weitesten Sinne verpflichtet und müßtest allein für sie arbeiten, sodann aber kannst Du dafür schaffen, Dir Dein persönliches Leben allein zu verschönern und in möglichster Bequemlichkeit hinzubringen. Ich für mein Teil habe mir, so sehr ich sonst zu Extremen neige, den goldenen Mittelweg erwählt: Ich bin bereit, am Bau einer neuen, besseren Welt, d. h. also am Glück derer zu arbeiten, die nach uns sein werden, ich bin aber nicht Märtyrertyp genug, meiner Ideale wegen auf einem Strohhaufen zu schlafen, wenn ich die Möglichkeit habe, mich in einem weichen Bett auszustrecken. Du verstehst, was ich damit sagen will: Ich nehme, da ich an eine Belohnung im Jenseits nicht recht glauben kann, gern und freudig den irdischen Lohn für meine Arbeit, der sich mir bietet. Ein Beispiel: Angenommen, ich hätte Talent genug zur Schriftstellerin – ich würde meine Lebensaufgabe darin sehen, meine ganze Kraft zu entwickeln und anzuwenden darauf, mit meinen Werken die Menschen zu erziehen und besser zu machen, reif für eine schöne Zukunft. Ich würde nie um des Honorars willen schreiben, sondern nur aus tiefster Überzeugung und Begeisterung für mein Ziel, aber ich wäre, derb gesprochen, ein Narr, wollte ich mir nicht von diesem Honorar, das mir eine segensreich entwickelte Weltordnung gibt, das Leben nach meinem Geschmack einrichten – mit allem Luxus und Komfort, der sich eben von meinen mehr oder weniger bescheidenen Mitteln bringen läßt. Ich weiß nicht, ob Du diese Ansicht egoistisch oder auch unsinnig nennen willst – ich finde sie jedenfalls von mir aus richtig und gedenke mir mein Dasein danach einzurichten und damit in gleicher Weise Befriedigung aller edlen geistigen und seelischen Wünsche sowie aller materiellen und körperlichen Bedürfnisse zu finden. Sollte es, was sehr wahrscheinlich ist, in der letzteren Beziehung nicht ganz nach Wunsch klappen, nun, so bin ich mutig und stark genug, mich mit der ersteren vollauf zu begnügen. Dann hätte ich also gezwungenermaßen allein den Weg der Arbeit für die Nachkommen beschritten, ohne an mein persönliches Glück denken zu können. Mit dieser Möglichkeit rechne ich gerade in unserer Zeit sehr stark, ohne daß mich das schrecklich betrüben könnte, denn erstens finden sich trotz aller Askese noch genug Sonnenseiten im Leben, zweitens traue ich es mir zu, nur meinem Ziel leben zu können.

Aber freilich, da liegt der Haken: Ein Ziel muß man haben. Es soll ja um Gotteswillen nicht immer so anspruchsvoll sein wie das Deiner ehrgeizigen Brigitte, aber ich bin überzeugt – jeder kann seine Kräfte in den Dienst einer Sache stellen, die eben seinen geistigen oder körperlichen Potenzen entspricht. Jeder kann und muß etwas finden, was ihn ausfüllt, denn überall, wo er steht, arbeitet und schafft er für eine bessere Gegenwart und Zukunft.

Neulich erst unterhielt ich mich mit jemandem, der nicht einsehen konnte, daß ich nicht heiraten, sondern mein ganzes Leben meinem Beruf widmen will. Der beschränkte Horizont dieses Menschen war eben nicht fähig zu fassen, daß eine Frau anderswo als am Kochtopf und der Wiege ihres Kindes glücklich sein kann. Ich wiederum kann nicht verstehen, wie man den ganzen Inhalt seines Daseins darin sehen kann, Kinder zu gebären, Strümpfe zu stopfen und einen geliebten Haustyrannen zu umsorgen. Tausende anderer Frauen sind glücklich in dieser Rolle, aber mir liegt sie eben nicht. Mein Leben kann nicht in derart engen Grenzen verlaufen – sie würden mich ersticken und mit einem ewigen Schuldbewußtsein versäumter Pflichten erfüllen.

Siehst Du denn wirklich noch so gar nichts vor Dir, was Dein Leben für Dich und Deine Mitmenschen sinnvoll machen könnte? Ich bedaure es tief, daß Du nicht hier bei uns bist, Dein Abitur wie wir gemacht und ebenfalls, wie wir alle, einen Beruf erwählt hast, in dem es sich lohnt, Deinen Kopf und Dein Herz einzusetzen.

Wie gerne würde ich dies alles einmal mündlich mit Dir besprechen. Bist Du mir böse wegen meiner Offenheit? Nein, so albern bist Du nicht, Veralore. Ich mag mich in vielem, was Dich betrifft, geirrt haben – korrigiere mich, schreibe offen alles, was Dich bewegt – ich bin Dir so dankbar für jede Zeile, in der Du mir Dein wahrhaft großes und gutes Herz zeigst. Und – grübele nicht soviel! Nachdenken ist gut, aber wo man zu dem Punkt gelangt, daß es unfruchtbar und selbstquälerisch ist, da wird es zum Verbrechen gegen sich selbst.

Ich küsse Dich von Herzen, meine Liebste!

Deine Brigitte

Burg, den 15. 9. 51

Meine liebe Veralore!

... Ich weiß nicht, ob ich Dir schon geschrieben habe, daß ich mein Studium am Theaterinstitut Weimar aufgegeben habe. Warum, weiß ich selbst nicht recht. Innerhalb einer Stunde habe ich völlig umgeschwenkt, habe plötzlich das alles so gehaßt, wie ich es kurz zuvor noch geliebt hatte. Ich bestürmte Vati, mich noch ein Jahr lang zu Hause zu lassen. Weil ich aber schließlich nicht dieses ganze Jahr müßig sein kann, entschloß ich mich, Lehrerin zu werden, begab mich in derselben Stunde zum Schulrat und wurde als »qualifizierte Deutschlehrkraft« mit offenen Armen aufgenommen, denn hier in der DDR herrscht ein unglaublicher Mangel an jungen, fortschrittlichen Lehrkräften.

Nach einigen Tagen schon schickte man mich auf das Institut für Lehrerbildung in Staßfurt, von wo ich vorgestern als Verlobte zurückgekommen bin. Ich war mit großem Widerwillen nach Staßfurt gefahren, denn ich hasse nichts mehr als Internate. Zudem war die Arbeit im Lehrgang äußerst anstrengend – wir hatten täglich 12 Unterrichtsstunden, und nur das ausgezeichnete Essen und der wundervolle, mit allem Komfort ausgestattete Klubraum bewahrten uns vor dem völligen körperlichen und seelischen Ruin. Wir waren alle Abiturienten, und ich hatte schnell ein paar gute Freunde gefunden. Eines Abends aber kam »er«. Ein Blick genügte – und wir wußten beide: der oder keiner. Von diesem Augenblick trennten wir uns in keiner freien Minute mehr. Jeden Abend gingen wir bummeln – und kamen natürlich immer einige Stunden zu spät. In dieser Beziehung war das Institut direkt klösterlich: Jeden Abend wurde pünktlich um 23 Uhr das Tor verschlossen. Aber wir Sünder sind nie erwischt worden, denn wir hatten die tollsten Schliche, um reinzukommen: Wenn wir den Schlüssel nicht »organisieren« konnten, kletterten wir ins Dielenfenster oder durch die Gitterstäbe vor den Fenstern vom Jungsquartier und was dergl. Späße mehr waren. Es war eine herrliche Zeit, und Helmut und ich verstanden uns ausgezeichnet. Er ist ein feuriger Halbungar mit pechschwarzem Haar und prächtigen dunklen Augen. Ich habe in meiner »bewegten Vergangenheit« zwar schon allerlei heiße Küsse empfangen, aber ein so leidenschaftlicher Mensch ist mir noch nicht begegnet.

Du wirst Dir denken können, daß es uns beiden Feuerköpfen verdammt schwer geworden ist, uns zu beherrschen. Aber Helly hat sich fabelhaft benommen. Obwohl er selbst halb wahnsinnig war, verstand er meine Abwehr vollkommen, und als ich ihn, verzweifelt über seine schreckliche Qual, ganz ratlos fragte: »Was soll ich denn nur tun?«, stöhnte er zwischen den zusammengebissenen Zähnen hervor: »Fest bleiben sollst du, Brigitte!« Allein für diese herrliche Antwort wäre er der Liebe würdig.

Und am letzten Abend, beim Abschiedsfest, geschah das Unfaßbare. Wir saßen noch ein letztes Mal in meinem Unterrichtsraum, als er plötzlich anfing – wir sollten uns doch nicht trennen, er könne nicht von mir lassen, denn er habe vom ersten Augenblick an gewußt, daß ich sein Schicksal werden würde und daß wir doch gar nicht mehr so lange aufeinander warten brauchten. Wir sind beide mündig, sind sogar schon selbständig – und wissen jetzt, wofür wir arbeiten. Und dann kamen seine goldenen Zukunftspläne: Sobald er ein Weilchen in seinem Kreise sich eingearbeitet hat (er ist im Kreis Sangerhausen eingesetzt), läßt er sich nach Burg versetzen, damit wir einander immer nahe sind. Und wenn wir dann im nächsten Jahr gemeinsam zum Studium nach Berlin gehen, wollen wir uns öffentlich verloben, vielleicht auch schon eher.

Ach, Veralore, ich war ja so glücklich! Ich kann mir noch immer nicht vorstellen, daß mir mein schwarzer Teufel wirklich für immer gehören soll. Es klingt so kitschig! »Liebe auf den ersten Blick«, aber wahrhaftig – auch das gibt es. Der letzte Abend war wie ein Märchen. Uns war, als gälte das ganze Abschiedsfest ganz allein nur uns. Von nachts um 1 bis morgens um 5 waren wir im Park auf »unserer« Bank, aber Helly hat sich, so schwer es ihm wurde, tadellos benommen, und ich war ihm von Herzen dankbar dafür. Aber wir haben ja noch so viele schöne Tage vor uns.

Leb wohl, schreib bald und sei von Herzen gegrüßt von

Deiner überglücklichen Brigitte

Burg, den 7. Oktober 51

Meine liebste Veralore!

Dein Brief hat mich einmal wieder tief erschüttert und bewegt. Ja, Du hast recht mit dem, was Du mir vorwirfst, hast recht damit, daß Du von mir enttäuscht bist. Ich verdiene Deine Härte, ja Verachtung, aber ich verdiene auch Dein Mitleid. Wenn Du mein Leben, das ich jetzt führe, kenntest, Veralore – Du würdest mir vielleicht doch ein paar Tränen weihen.

Gut, ich habe Dir den Menschen geschildert, den unsere Gesellschaft braucht – den Menschen mit bewußtem Leben, mit der Zielsicherheit aller seiner Handlungen. Aber, ich habe Dich und mich getäuscht, indem ich mich für solch einen Menschen hielt. Jetzt weiß ich, daß ich niemals an dies von mir entworfene Bild heranreichen werde – und nicht nur weiß ich es durch Deinen Brief, sondern ich habe es erkannt in den aufreibenden Kämpfen um eine schreckliche Selbsterkenntnis. Ich habe über mich selbst den Stab gebrochen – ich habe nur noch Mut und Kraft zum letzten Schritt, der uns über die Grenzen des Irdischen führt – in die Hölle, wo zweifellos schon ein Plätzchen für mich bereitsteht.

Aber urteile selbst über mein Leben: Ich bin Lehrerin – meine Kinder schwärmen für mich. Ich habe Geld und kann meine Launen und Passionen bezahlen, an deren Genuß ich früher nicht zu denken wagte. Ich habe erstaunlich viele Anbeter, die nach meinen dunklen Augen verrückt sind und sich geduldig meinen Paroxysmen unterwerfen. Ich bin so ziemlich jeden Abend auf einem anderen Fest – meist sitze ich mit meinen Freunden in der HO, der exklusivsten Tanz- und Gaststätte unseres Städtchens, und trinke, tanze, flirte – alles, was das Herz einer Frau nur begehrt.

Fremde Menschen würden mein Leben als »herrlich« bezeichnen, übelwollende als »leichtsinnig und verschwenderisch«. Was ist es in Wirklichkeit? Abend für Abend tobe ich mich in forcierter Lustigkeit aus – Abend für Abend bemühe ich mich krampfhaft, mich an Wein, Tanzmusik und bewundernden Männerblicken zu berauschen – Abend für Abend spiele ich glänzend die Rolle der Leidenschaftlichen. Und Nacht für Nacht liege ich stundenlang wach, starre ins Dunkel und weine verzweifelt über mein sogenanntes »Leben« und über meine Energielosigkeit, die es nicht ändern kann. Ich selbst bin die Verkörperung dessen, was ich Euch drüben vorgeworfen habe: der Dekadenz.

Ich bin so entsetzlich ruhelos, Veralore. Meine Vergnügungen können mich nicht befriedigen, meine Arbeiten nicht ausfüllen. Oft ist mir, als brenne in mir eine verzehrende Flamme, die meinen Willen, meine Energien und Fähigkeiten frißt, die mich rastlos umhertreibt, ohne mich auch nur einen winzigen Schritt vorwärtszubringen. Ich rauche – aber keine Zigarette beruhigt mich mehr. Ich trinke – aber der Alkohol berauscht mich wenig oder gar nicht. Ich flirte und küsse – aber für keinen Menschen kann ich ein tieferes Gefühl hegen. Ich bin noch immer (oder schon wieder) mit Klaus zusammen, mit dem mich jahrelange Gewohnheit unlösbar verkettet. Er beachtet kein anderes Mädchen, aber er hat sich mir so weit unterworfen, daß er mir keine Vorwürfe macht, wenn ich mich mit anderen »amüsiere« – vielleicht weil er weiß, daß wir ohne einander einfach nicht mehr leben können, daß ich, wenn ich ihn auch nicht mehr liebe wie früher, so doch für keinen anderen etwas empfinden kann.

… Wohin ist all meine Warmherzigkeit, die mir zwar viel

Kummer, aber ebenso viel Glück gebracht hat! Wie ekelhaft ist die blasierte Gefühllosigkeit! Meine Verehrer, meine alten Lehrer, meine Kameraden schwärmen von meinem Geist. Abgesehen davon, daß es damit auch nicht so weit her ist – wie kann der geistvollste Kopf ein leeres Herz aufwiegen.

Glaub mir, Veralore, mich kann jetzt nur noch eine große Liebe – oder eine große Aufgabe retten. Auf ersteres Mittel verzichte ich. Übrigens auch mit Helly hast Du mich durchschaut – eher als ich selbst mich. Ich bewundere Dich ehrlich, Veralore. Ich habe mir im Anfang tatsächlich eingebildet, ihn zu lieben, aber jetzt ist das Feuer fast ausgebrannt. Ich freue mich noch immer sehr über die glühenden Liebesbriefe, mit denen er mich überschüttet, ich bin gerührt von seiner Treue – aber das ist auch alles. Heute sage ich mir ganz klar das, was ich schon damals dunkel empfand und mir nicht einzugestehen wagte: Diese Verlobung war nichts als eine Befriedigung meiner Sensationslust, eine Genugtuung für meinen glühenden Haß gegen alles Bürgerliche, Ruhige, Gewöhnliche, ein Kitzel meiner unheilvollen Abenteuerlust, die mir das »Spiel mit dem Feuer« als das einzige erscheinen läßt, was mich noch vorübergehend reizt – bis zum Abgrund – und dann eiskalt zurück.

Damit habe ich kürzlich meinen noch jungen Schulleiter geblufft, der hinter mir teuflisch her ist. Ich habe das Spiel so weit getrieben, daß es mich selbst fast in seinen Bann geschlagen hat, aber im allerletzten Moment war ich mit einem Schlage nüchtern. Als er mich nicht loslassen wollte, sagte ich mit eisiger Stimme nur ein Wort, das ihn wie ein Peitschenhieb traf: »Schuft«. Das half. In Wirklichkeit aber war ich der Schuft – ich. Nachher sagte er bitter: »Das eine

Kompliment muß ich dir machen, Brigitte – so wie du hat noch keine mit mir ihr Spiel getrieben.« Ich spielte die Aufgebrachte, verlangte meine Versetzung an eine andere Schule – und erlebte den Triumph, daß er, der erwachsene, einflußreiche, mächtigste Mann der Schule, seine jüngste Kollegin fast auf Knien anbettelte, sie solle doch bei ihm bleiben, er könne ohne seine »kleine Mongolin« nicht leben. Seitdem begegne ich ihm in der Schule betont herzlich, weise aber kühl jede Bevorzugung vor den anderen Kolleginnen ab.

Und nun das letzte Mittel: eine Aufgabe. Du hast völlig recht, wenn Du sagst, ich ließe meine Gaben verkommen. Ich bin willensschwach, energielos – kann nicht konzentriert arbeiten. Aber es muß jetzt sein, wenn ich mich nicht selbst verlieren will. Vielleicht schafft mein irrsinniger Ehrgeiz, woran andere Mittel und Menschen scheitern. Ich bin auf dem besten Wege, selbstbewußt und unbedeutend, eingebildet und hohlköpfig zu werden. Vielleicht wird mich bei der Arbeit die Erkenntnis meiner Unvollkommenheit, meiner Fehler und meines Mangels an Fähigkeiten demütigen und an einer endlich wiedererlangten Bescheidenheit wachsen lassen. Gestern war ich vom Mitteldeutschen Verlag zu einer sehr wichtigen Arbeitstagung junger Autoren nach Halle eingeladen, und ich habe wirklich wertvolle Anregungen und Impulse mit nach Hause gebracht. Ich will, nein: ich muß endlich wieder schreiben!

Da hast Du nun mein ganzes herrliches Dasein, dessen letzte Konsequenz, wenn es so weitergeht, der Freitod ist – so lächerlich und theatralisch das auch klingen mag. Ich habe noch keinem Menschen mein Herz so ausgeschüttet wie Dir, Veralore, weil ich weiß, daß Du keine belanglosen Trostgründe, keine süßlichen Mitleidsbeteuerungen, kein verständnisloses Verurteilen für mich haben wirst. Du bist einer der wenigen Menschen, an denen man sich wahrhaft aufrichten kann.

Deine Brigitte

Burg, 11. 11. 51

Meine liebe Veralore!

Verzeih, daß ich Dir so lange nicht mehr geschrieben habe. Diesmal habe ich aber wirklich einleuchtende Entschuldigungen: Ich habe in unserer Oberschule die Laienspielgruppe neu aufgezogen und studiere mit ihr die »russische Frage« ein, bin in meiner Schule Pionierleiterin geworden, hatte in den letzten zwei Wochen einige hundert Diktat- und Aufsatzhefte zu korrigieren und schrieb am neuen Stück. Gestern früh um 5 habe ichs im Bett endlich vollendet.

Ich glaube, es hat mir wieder ein Stückchen innere Ruhe verschafft – soweit das bei mir überhaupt möglich ist. Es hat zu einem nicht geringen Teil dazu beigetragen, mich aus den Kreisen zu lösen, in die ich da geraten war. Ich war beinahe glücklich, als es dann gestern abend fertig abgetippt vor mir lag. Mag es nun nach außen hin Erfolg haben oder nicht – das ist fast gleichgültig. Es hat mir vor allem wieder bestätigt, daß ich arbeiten kann – und ich habe ein Stückchen Seele hineingelegt. Aber letzteres sollte wohl eigentlich bei allem der Fall sein, was man schreibt. Wirklich, Du, es macht froh, Gestalten, Menschen vor sich zu sehen, die man selbst geschaffen, denen man seine eigene Seele gegeben hat. Weißt Du, ich möchte fast sagen, man fühlt sich wie – Gott, der dem leblosen Lehmklumpen seinen Odem einbläst und ihn zum Leben erweckt. Ist das eine Gotteslästerung? Oder ist es hochmütig? Beides liegt mir fern, glaub mir!

Ein alter Lehrer sagte mir einmal, der herrlichste Beruf sei der des Lehrers, denn er sei der einzige, der mit lebendem Material arbeitet. Ein schönes Wort – aber der Mann hat die Dichter vergessen, denn sie arbeiten nicht mit lebendem Material, sondern sie schaffen es selbst. Schöpfer ist größer als Bearbeiter. Oh, Veralore, manchmal bin ich von einer Begeisterung erfüllt, die nichts mehr mit dem Ehrgeiz meiner Mädchenträume zu tun hat. Früher schmeichelte es meiner Eitelkeit, wenn mir eine Zukunft vorausgesagt wurde – heute könnte ich ohne Anerkennung arbeiten – nur aus reiner Freude am Schaffen, selbst wenn ihm die Krone, das Ziel der eigentlichen Bestimmung fehlte: andere zu beglücken, andere auf den Weg zu bringen, den man selbst als den richtigen erkannt hat – eben nicht für sich, sondern für die Menschheit zu arbeiten.

Und noch etwas hinderte mich am Schreiben. Ich habe mich vorigen Sonntag verlobt. Dir kann ich es sagen, was ich jedem anderen verschweige, Veralore: Helly ist nicht die große Liebe. Die war Klaus – früher einmal. Aber ich achte Helly mehr als jeden anderen und habe ihn aufrichtig gern. Heiraten mag ich freilich vorläufig noch lange nicht – Brigitte am Kochherd – ein unmögliches Bild. Helly habe ich zum glücklichsten Menschen unter der Sonne gemacht – sogar, Du wirst staunen – ohne ihm mehr als einen Kuß gestattet zu haben. Ich habe ihm ehrlich alles gestanden, was zwischen Klaus und mir war, was auch vorläufig noch lange seine Schatten auf mich werfen wird – und Hellys Großmut wird mich meine Schuld ihm gegenüber leichter sühnen lassen.

Denn ich war mit Klaus noch immer zusammen, während ich schon heimlich verlobt war. Und ich habe geglaubt, auch in Zukunft mich noch nicht von ihm trennen zu können, so sehr haben wir uns aneinander gewöhnt. Aber jetzt habe ich mein Herz in beide Hände genommen und endgültig alle Brücken hinter mir abgebrochen, alle Bande zerrissen, die mich noch an eine unselige Vergangenheit fesselten. Meine neue, die goldene Fessel am linken Ringfinger, hat es mir leichter gemacht. Vielleicht glaubst Du mir, daß ich mich nicht nur aus Sensationslust verlobt habe, sondern es beweist Dir, daß Helly mir etwas, ja viel, wert ist.

Er benimmt sich fabelhaft anständig, daß ich nur immer wieder staunen kann und stets Vergleiche mit Klaus ziehen muß. Und seltsam – Hellys ehrfurchtsvolle Zärtlichkeiten geben mir viel mehr als Klaus' wilde Liebkosungen.

Freilich habe ich auch an Klaus nicht ganz richtig gehandelt. Als ich ihm endgültig den Abschied gab, reichte er mir still die Hand und flüsterte: »Aber vergiß trotz allem nicht – es war doch so schön!« »Laß die Phrasen«, antwortete ich und ging. Das war brutal und hat ihm weh getan. Aber erstens fiel es mir selbst doch ein bißchen schwer, so von ihm zu gehen (Helly hat mich übrigens in keiner Weise dazu gezwungen), dann aber erfüllen mich meine letzten harten Worte fast mit Befriedigung, wenn ich an alles zurückdenke, was er mir angetan hat.

Auch seiner Mutter, die mich noch immer haßt, habe ich geschrieben und ihr die Hand zur Versöhnung entgegengestreckt. Es hat mich etwas gekostet, das gebe ich zu, aber in meiner gegenwärtigen Stimmung war ich sogar dazu bereit.

An unserer Schule hat sich allerlei geändert. Unser Schulleiter – ich schrieb Dir wohl von seinem aufdringlichen

Benehmen gegen mich – ist »freiwillig« aufs Land gegangen – wegen seiner schulischen und privaten Verfehlungen.

Mensch, Mädchen – ich bin so glücklich, wieder arbeiten zu können.

Deine Brigitte

Burg, 2. 12. 1951

Meine liebe Veralore!

Dein letzter Brief ließ mich nur zu deutlich fühlen, daß Du einen Gedankenaustausch mit mir nicht mehr wünschst. Ich kann Dich verstehen. Ich bin nun einmal kein Mensch, dem man lange Freund sein kann.

Ich habe es schon seit längerer Zeit gespürt, aber trotzdem hat es mich schwer getroffen, als ich Deinen Brief in den Händen hielt. Es war mir beinahe, als läse ich den Abschiedsbrief des Geliebten. Wenn man wenigstens noch weinen könnte. –

Aber laß gut sein! So kommt eben alles auf einmal. Nach dem, was ich in den letzten drei Wochen gelitten habe, konnte mich selbst die Kälte meiner einstmals liebsten Freundin nicht mehr so erschüttern, wie es unter anderen Umständen der Fall gewesen wäre. Ich bin so zerfallen mit mir und der Welt, daß es kein großes Unglück wäre, wenn mir eines Tages einmal zufällig etwas zustoßen würde. Ich hätte nicht gedacht, daß es einem Menschen so leicht fallen könnte, aus dem Leben zu gehen – leiser und unauffälliger, als er gelebt hat.

Du bist ein wahrhaft guter Mensch, Veralore, aber Dir fehlt eins: das wahre Verständnis für menschliche Schwächen, das nur derjenige aufbringen kann, der sie selbst durchlitten hat. Man muß selbst einmal »schlecht« gewesen sein, um »schlechte« Menschen – wie beispielsweise mich – verstehen zu können – und nicht nur ihnen verzeihen zu können. »Ach neige, Du Schmerzensreiche, Dein Antlitz gnädig meiner Not.« Weißt Du, was ich meine? Selbst Schmerzen bereitet und erduldet haben, um andere heilen und lindern zu können!

Leb wohl, meine liebe Veralore, und glaub mir: Ich danke Dir von ganzem Herzen für alles, was Du mir gegeben hast.

Und – denke nicht mit Groll oder Verachtung zurück an

Deine Brigitte

Burg, 11. 12. 51

Meine liebe Veralore!

Wenn Du wüßtest, wie froh ich war, als heute früh Dein Brief bei uns eintrudelte! Ich hatte direkt Herzklopfen, als ich ihn öffnete – und hinterher war ich den ganzen Tag lebendig und ausgelassen vor Freude. Ich kann mir auch gar nicht vorstellen, was für ein ödes und elendes Leben es ohne Deine lieben Briefe geworden wäre. Du bist eben doch die einzige, der ich alles, alles sagen, der ich immer mein Herz ausschütten kann.

Trotz all meiner vielen wirklich treuen Freunde ist doch keiner da, der mich völlig versteht. Der eine, selbst der verkörperte Sarkasmus, will in mir den Spötter und scharfen Kritiker sehen, der andere, feuriger Phantast, scheut mich, wenn ich traurig bin und erklärt solche Stimmungen für meiner unwürdig, will mich zu seinen Höhen hinaufziehen, der dritte, stark lyrisch angehaucht, will mich nur sentimental und schüttelt den Kopf, wenn ich in meinen wilden

Stimmungen bin – na, und die anderen sind mir noch unsympathischer. Das ist der Typ von Männern, in denen man Freunde gefunden zu haben glaubt, bis ihre wahren Absichten hinter durchsichtigen psychologischen Vorwänden offenbar werden, jene, die – frei nach Schiller (»Kabale und Liebe«) –»das gute Herz Boten gehen heißen, wenn sie einen Gruß an das liebe Fleisch zu bestellen haben«.

Ursel Sch. (die kennst Du doch noch), mit der ich recht eng befreundet war, wird mehr und mehr zum spießbürgerlich braven Hausmütterchen, das seine ganze Freude darin sieht, den vergötterten Freund Heinz zu päppeln; mein Verlobter Helmut ist viel zu verliebt, um nicht alles herrlich und untadelig an mir zu finden, Klaus wird mir mehr und mehr fremd – ja, wer bleibt mir da noch? Doch nur Du, Veralore!

Darum hat es mich doch auch so schwer getroffen, daß Du mir, wie ich glaubte, den Abschied gabst, lach nicht, Du, aber wahrhaftig – Du bist geradezu mein Gewissen. Oft ertappe ich mich bei dem erschrockenen Gedanken: Was würde jetzt Veralore dazu sagen? Du scheinst mir immer so zutiefst anständig und rein (der Ausdruck ist mittelalterlich, aber irgendwie treffend), daß ich mir richtig sündig vorkomme. Du kennst mich auch so unheimlich genau – das bewies Deine Bemerkung im letzten Brief, wo Du schriebst, ich wäre auch solch ein Mensch, der immer sagt: Mein Charakter ist nun einmal so, und ich kann nichts dagegen tun. Das stimmt! Ich habe keine Energie, mich einmal zu etwas wirklich Wertvollem, aber Schwierigem emporzureißen. Aber gerade dadurch, daß Du mich kritisierst und mir mit wirklich bewundernswertem Scharfblick meine Fehler zeigst, stachelst Du mich an, Dich nicht zu enttäuschen und wenigstens zu versuchen, mich zu ändern. Ich brauche Deine Hilfe, Veralore, und darin bin ich Dir so dankbar, daß Du doch weiter mit mir in Briefwechsel bleiben willst.

Es grüßt Dich von Herzen

Deine glückliche Brigitte

Burg, 1. 2. 52

Meine liebste Veralore!

... Eben kam Dein Brief. Ich freue mich so, daß Du mir nicht böse bist wegen meines langen Schweigens. Soll ich mich entschuldigen? Glaube um Gottes willen nicht, Du wärest mir, wie Du fürchtest, langweilig mit Deinen Briefen! Nein, der Grund ist einfach folgender: Erst war ich eine längere Zeit krank und konnte mich nicht aus dem Bett rühren, dann nahm ich mir Abend für Abend vor, Dir zu schreiben und Dir vor allem erst einmal von Herzen für Dein liebes Päckchen zu danken. Aber, wie Du weißt, der Weg zur Hölle ist mit guten Vorsätzen gepflastert. Ich war jeden Abend so hundemüde, daß ich nur ins Bett sank, ohne noch einen klaren Gedanken fassen, geschweige denn einen halbwegs vernünftigen Brief schreiben zu können.

Ich bin jetzt wirklich manchmal so weit, daß ich mich hinwerfen und fassungslos heulen könnte wie ein kleines Kind – ohne wirklichen Kummer zu haben. Ich bin eben mit den Nerven völlig herunter. Kein Wunder bei der Überlastung! Ich will gar nicht von meinen gesellschaftspolitischen Arbeiten sprechen – damit habe ich mich abgefunden. Aber allein die schulische Arbeit genügt, mich völlig zu ruinieren. Ich habe immer im Scherz gesagt, ich wäre, wenn ich Lehrerin bliebe, in 10 Jahren eine alte Frau. Jetzt, seit wir unseren neuen Schulleiter haben, weiß ich, daß das kein Scherz, sondern bitterer Ernst ist.

Unser neuer Schulleiter ist ein prächtiger Mensch, ohne Zweifel, – äußerst korrekt, eifrig, durch und durch ein politischer Mensch – soweit man da überhaupt noch von »Mensch« sprechen kann, denn er scheint keine persönlichen Gefühle, sondern nur seine Pflichten zu kennen, die er in wirklich bewundernswerter Weise erfüllt. Er ist der Typ, zu dem wir alle gemacht werden sollen. Es ist manchmal geradezu erschütternd, diesen jungen Menschen zu sehen (er ist 24 Jahre!), der nicht mehr lachen zu können scheint.

Einmal habe ich ihn tatsächlich erschreckt gefragt: »Können Sie überhaupt lachen?« Dieser blutige Ernst, diese entsetzliche Vorbildlichkeit, Korrektheit und Tadellosigkeit schüchtert mich wirklich ein.

Seit er da ist, ist die Arbeit des Kollegiums und auch meine eigene ganz anders geworden. Wir waren wirklich fidele Leutchen, aber jetzt – Er verlangt von mir, daß ich für jede Schulstunde, die ich halte, anderthalb Stunden Vorbereitung mache. Rechne, bitte, aus: Wenn ich 6 Unterrichtsstunden am Tage habe, muß ich mich – nach Adam Riese – 9 Stunden vorbereiten. Das bedeutet, daß ich – ungerechnet meine Literaturarbeitsgemeinschaften etc. – einen 15-Stundentag habe. »Ist es schon Wahnsinn, so hat es doch Methode«, sagt Hamlet.

Nun zu Deinem Brief, Veralore: Du hast den Wunsch, Dich in eine Großstadt zu flüchten, wo kein Mensch Dich kennt. Das ist richtig, wenn Du es tust, um, wie Du sagst, dich endlich mal auf eigene Füße zu stellen. Dir geht es eben wie mir: Du hast noch nicht das Leben selbst kennengelernt, obgleich ich glaube, daß Du trotzdem schon weit selbständiger bist als ich, die ich wirklich allem Fremden, vor allem dem Leben einer Großstadt, völlig hilflos gegenüberstehe. Stell Dir nur einmal vor: Du sollst ganz alleine, ohne Hilfe von Eltern oder guten Freunden, Dein Leben verbringen! Ist das nicht grauenvoll? Ich habe schon schreckliche Angst vor meinem Studium. Erst wollte ich doch nach Berlin, aber jetzt packt mich manchmal ein Entsetzen vor diesem gefährlichen Pflaster, daß ich am liebsten in meinem lieben, alten, sturen Burg bleiben möchte – ist es hier auch nur ein Dahinvegetieren. Wahrscheinlich werde ich nach Jena gehen – das ist wenigstens ein kleines Städtchen. Und liebenswerte Menschen findet man überall. Nein, nein – keine Großstadt! Obgleich eine kleine Stadt ebensoviele Versuchungen bieten kann. Das sehe ich immer wieder bei unseren Jugendstreifen, von deren interessanter Arbeit – in sozialer wie psychologischer Art – ich Dir unbedingt noch erzählen muß.

Übrigens scheinst Du Dich innerlich sehr stark verändert zu haben, denn Deine Schrift hat sich erstaunlich gewandelt – ist reif und – eben richtig »erwachsen« geworden.

Mit den herzlichsten Grüßen

Deine Brigitte

Burg, 28. 2. 52

Meine liebste Veralore!

Verzeih, daß ich Dir nicht sofort auf Deinen lieben, verständnisvollen Brief geantwortet habe. Ich war mal wieder einige Zeit krank – meine Nerven sind völlig ruiniert. Ich wurde kürzlich Zeuge einer wüsten Schlägerei, in deren

Verlaufe mein Begleiter von einem total betrunkenen Juden niedergeschlagen wurde. Er war nicht das einzige Opfer dieses ekelhaften Auftritts – ekelhaft vor allem dadurch, daß mehrere Volkspolizisten herumstanden und nicht eingriffen – eben weil der besoffene Wüstling ein Jude und Dolmetscher der Roten Armee war und immerzu schrie: »Wer mich anrührt, vergreift sich an der Sowjetarmee.« Dabei – das muß man wirklich sagen, benehmen sich die Truppen, die bei uns in Garnison liegen, weit besser und anständiger als dieser Schuft. Kurz und gut, vor Empörung, Entsetzen und Ekel wurde ich ohnmächtig, bekam anschließend einen Weinkrampf und mußte nach Hause gebracht werden.

Noch vor einem halben Jahre hätte mich eine Schlägerei in keiner Weise erschüttert – ich glaube eher im Gegenteil, sie hätte mich aus »Studiengründen« aufs höchste gefesselt. Sie war ja auch nur der Anstoß zum endgültigen Zusammenbruch. Ich kann einfach nicht mehr! Meine Arbeitskraft ist völlig erschöpft. Dazu kommen noch diese scheußlichen, kleinen Nadelstiche des Alltags, ein recht schmerzhafter Liebeskummer, der zwar zum größten Teil überwunden ist, aber doch eine Narbe zurückgelassen hat.

...

Du fragst Dich, wozu Du eigentlich auf der Welt wärst, ob Du wirklich einmal von Dir sagen könntest: Ich bin unentbehrlich! Nein, keiner von uns ist unentbehrlich, stets werden andere an seine Stelle treten können. Aber kommt es denn auch wirklich gar so sehr darauf an? Wo wollen wir denn »unentbehrlich« sein? In der Öffentlichkeit, genauer gesagt: im Beruf? Ich bin nach reiflichen Überlegungen dahin gekommen, daß ich mir sage: dort werden wir es nie –

so wenig im Großen als im Kleinen, im Ministerium oder im unbedeutenden Büro, als Präsident oder als Maurerlehrling. Überall wird man uns ersetzen können. Nur an einer Stelle können wir wahrhaft unentbehrlich werden: an der Seite unserer Freunde, aller Menschen, die wir oder die uns lieben. Und ich möchte behaupten, Veralore, daß Du es mir schon bist – unentbehrlich, obgleich wir jetzt, wie Du ganz richtig sagst, erst wieder zueinanderhinfinden müssen.

Oder bist Du damit nicht einverstanden? Ich meine: glaubst Du, man dürfte nicht bloß im kleinen Kreise danach streben, unentbehrlich zu werden? Man könnte allerdings wirklich mit einiger Berechtigung sagen, daß eben dieses Streben in der Öffentlichkeit die Geißel ist, die uns vorwärtstreiben soll zu großen Taten im Leben.

Übrigens, falls Dich meine Zukunftspläne interessieren sollten: Ich gebe die Pädagogik auf und kehre zur alten Liebe zurück: zur Dramaturgie. Im alten Jena werde ich studieren, das steht jetzt endgültig fest. ...

Burg, den 11. 12. 52

Meine liebe Veralore!

... Wir haben einander sträflich vernachlässigt, und ich kann jetzt gar nicht mehr verstehen, warum wir eigentlich beide so lange geschwiegen haben. Du weißt doch, wie viel mir Deine Briefe immer bedeuteten, wie ich Dich, die ich als Kind zum letzten Male gesehen habe, in ihnen erst richtig kennen- und liebengelernt habe. Nicht wahr, jetzt wollen wir unseren Gedankenaustausch wieder so aufnehmen, wie er früher war. Gerade jetzt habe ich so oft bittere Sehnsucht nach einem Menschen, dem ich alles erzählen kann, was mich bewegt. Willst Du wieder dieser Mensch sein, Veralore? Ich habe es doch noch immer nicht zu einer Freundin gebracht außer der Ulla Sch. Aber die ist mir durch ihre Heirat entrückt – sie mußte Mitte vorigen Jahres heiraten und hat nun – sie lebt in sehr glücklicher Ehe – ihren Gatten und ein süßes, kleines Mädelchen. Da kannst Du Dir vorstellen, daß wir uns nur noch selten sehen. Dazu kommt freilich auch von meiner Seite chronischer Zeitmangel, denn wir armen Pauker sind wahrhaftig schlimm dran. Wir haben keinen festen Achtstundentag, und bei uns reißt die Arbeit niemals ab. Ständig kommt Neues dazu, und wenn man abends todmüde ins Bett gehen will, sieht man auf seinem Schreibtisch noch einige Dutzend Klassenarbeiten liegen, die unbedingt noch korrigiert werden müssen. Natürlich kann man sich das Lehrerdasein durchaus auch bequemer machen, aber dann hat man nach jeder freien Stunde geradezu ein schlechtes Gewissen, als hätte man sie seinen Kindern gestohlen.

Siehst Du, da bin ich mit meinen Klagen gleich mitten hineingesprungen in mein jetziges Leben, von dem ich Dir heute erzählen will, damit Du über meine äußeren und inneren Verhältnisse wieder Bescheid weißt.

Ich studiere also noch nicht, wie Du selbst, und es tut mir augenblicklich nicht einmal leid. Im Juli vorigen Jahres hatte ich mich freilich sehr um Aufnahme in die Uni Jena bemüht und war sogar bis zum Präsidenten der DDR gegangen, der mir eine persönliche Unterredung gewährte, um Stipendien zu erhalten. (Wenn ich nämlich was durchsetzen will, scheue ich selbst vor den äußersten Mitteln nicht zurück.) Ich hätte sie auch durch Vermittlung der Präsidialkanzlei gekriegt, aber in der Fakultät, die ich belegen wollte, Dramaturgie – war keine Stelle mehr frei, so daß man mir Pädagogik andrehen wollte, worauf ich aber dankend verzichtete. Ich entschloß mich also schweren Herzens, noch ein Jahr lang Lehrerin zu spielen – zur größten Begeisterung meiner Kinder, die wirklich mit rührender Liebe an mir hängen. Erst fiel mir dieser Entschluß nicht leicht, aber bald trat dann ein Ereignis ein, das mich mit ihm versöhnte. Na, Du wirst es schon erraten haben: es war die alte Geschichte von der dummen Liebe.

Dazu bedarf es auch noch einer Vorrede. Du weißt, daß ich mich ziemlich überstürzt im November 1951 verlobt hatte – aus Prestigegründen mehr denn aus Liebe. Natürlich hielt die Sache nicht. Helmut zwar liebte und liebt mich noch heute innig, aber ich konnte nun mal nicht treu sein. Wenige Wochen nach meiner Verlobung schon kam Kolja wieder, und die alte Geschichte mit ihm begann von neuem. D. h. ich begnügte mich nicht einmal mit ihm, sondern hatte nebenbei zahllose Liebhaber, die ich mit stereotyper Regelmäßigkeit so ca. alle zwei Wochen wechselte. Kolja nahm sie großmütig mit in Kauf, nur Helmut wußte nichts von ihnen. Ich habe in dieser Zeit ziemlich wüst gelebt. Zwar spielte sich nie Ernstliches zwischen meinen »Freunden« und mir ab – da behielt Kolja das Monopol, aber es reichte auch so. Ich habe mich ausgetobt, wie das eigentlich nur jungen Männern – angeblich! – gestattet ist. Dadurch, daß ich genug Geld verdiente, konnte ich mich nach meinem Geschmack einkleiden, und es ist keine Prahlerei, wenn ich Dir sage, daß ich, wenn ich mit meinen Begleitern ins HO-Tanzcafé kam, einiges Aufsehen bei den Bürgern erregte. Daß ich dadurch auch nicht gerade bescheidener wurde, kannst Du Dir wohl denken. Ich habe mir dabei das Trinken angewöhnt, daß ich noch heute, wo ich's aufgegeben und ehrlich bekämpft habe, manchen Mann unter den Tisch trinke. Selbstverständlich war ich mit den Nerven auf dem Hund, denn ich habe damals noch nebenbei nächtelang gelesen und geschrieben und geradezu bewußt Schindluder getrieben mit meiner Gesundheit, an der mir – weiß Gott! – nichts mehr lag. Das Rauchen kann ich nicht wieder lassen, aber das ist schließlich nicht das schlimmste Laster. Du mußt mich verstehen: mir hing das ganze Leben zum Halse raus, war mir so widerlich mit all seiner Sinnlosigkeit und Verderbnis, daß ich mehr als einmal am liebsten Schluß gemacht hätte. In einem letzten Anfall von schlechtem Gewissen löste ich meine Verlobung und brachte damit Helmut geradezu an den Rand der Verzweiflung. Aber alle seine Klagen konnten mich nicht im geringsten rühren. Ich konnte einfach für keinen Menschen mehr etwas empfinden. In keinen meiner so schnell wechselnden Freunde war ich jemals verliebt, nur den Kolja habe ich gehaßt, ohne doch von ihm loskommen zu können. Hundertmal habe ich mir geschworen, ihm, der an allem die Schuld trug, keinen Blick mehr zu schenken, immer wieder habe ich mich in die Arme anderer gestürzt, um Ruhe vor ihm zu finden – es half nichts. Wenn er wiederkam, mußte ich zu ihm – ohne Widerstehen.

Dieses sogenannte Leben ging so bis Ende August. Da war ich eines Abends wieder mit einem jungen Manne verabredet, der bei Lutz im Kanu-Klub ist. Im Klubhaus am Kanal wollten wir uns treffen. Nebenbei bemerkt: der Heinz war mir genauso gleichgültig wie seine Vorgänger. Und da geschah dann das, was mir noch heute fast als Wunder erscheint: Im Hof des Klubhauses begrüßte mich im

Kreise der Kanuten ein großer, bildhübscher Bengel mit wildem blonden Lockenschopf, den ich noch nicht kannte. Wir sahen uns nur kurz in die Augen – und in derselben Stunde ließ ich den maßlos enttäuschten Heinz stehen und ging mit Günter nach Hause. Wir waren sehr scheu unterwegs, wagten uns nur ab und zu einmal von der Seite anzuschauen, und einer dachte vom anderen, er wäre maßlos schüchtern und völlig unschuldig.

Als ich am nächsten Morgen erwachte, hätte ich weinen mögen vor Glückseligkeit – ich war zum ersten Male seit ewig langer Zeit wieder verliebt, schrankenlos verliebt. Ich konnte es einfach nicht fassen, hatte ich mich doch schon geradezu verrannt in den Gedanken, ich könne einfach niemandem mehr mein Herz schenken.

Zwei Tage später trafen wir uns wieder – und seitdem verging kein Tag, an dem wir nicht stundenlang zusammen waren. Da lernten wir denn auch unsere gegenseitige Vergangenheit kennen und begannen aneinander zu zweifeln, denn einer glaubte vom anderen, er wolle nur mit ihm spielen wie mit den anderen zuvor. Günter ist wie ich erst 19 Jahre alt, aber er hat sich wahrhaftig ausgetobt. Die Mädchenbilder und Packen von Liebesbriefen, die er mir zeigte, sprechen Bände. Bald freilich wußten wir, daß wir zueinander gehören und daß uns nichts mehr trennen kann. Von dem Tage an, an dem ich meinen lieben Piraten kennenlernte, habe ich Klaus nicht mehr wiedergesehen. Wie oft war er inzwischen da und hat mich buchstäblich auf Knien angefleht, zu ihm zurückzukommen – ich reagierte nicht. In mir war alles ausgelöscht, was mich an ihn gebunden hatte, er war mir über Nacht völlig fremd geworden. Kannst Du Dir vorstellen, daß ich mit keinem

Manne mehr flirte, ja nicht einmal kokettiere? Für mich existiert eben kein anderer Mann mehr als Günter.

Einen schweren Schlag freilich hat unsere große Liebe erleiden müssen: Günter wurde von seinem Betrieb zum Erzbergbau nach Johanngeorgenstadt delegiert, das weit unten im Erzgebirge direkt an der tschechischen Grenze liegt. Ich glaubte erst, ich könnte eine Trennung von ihm nicht überstehen, und war fest entschlossen, mit ihm zu gehen. Ich bewarb mich als Kulturinstrukteurin bei der Wismut-A.G., um in Johanngeorgenstadt arbeiten zu können, wo er nun schon fast zwei Monate ist. Nun mußt Du aber wissen, daß gerade diese Stadt als Deutsch-Wildwest verschrien ist, daß es eine reine Männergegend und für ein Mädchen nahezu unmöglich ist. Es gab einen furchtbaren Familienkrach, und Vati warf mich raus. Trotzdem setzte ich meinen Willen durch, meldete mich bei der Zentralverwaltung der Wismut-A.G. Und wurde tatsächlich als Kulturinstrukteurin in Johanngeorgenstadt eingesetzt. Schon auf dem Bahnhof rasselte ich mit ein paar Kumpels zusammen, und allmählich merkte ich auch, warum ich sofort eine so hohe Funktion bekommen hatte: Ein Mädchen, das sich freiwillig zur Kulturarbeit nach »Texas« meldet, ist eben noch nicht dagewesen. Übrigens fand ich es gar nicht so wild, wie man es mir geschildert hatte, ich bin in der Woche, die ich erst einmal studienhalber in J. weilte, mit den Kumpels bestens klar gekommen. Aber das eine stimmt: wer dort nicht einen sehr festen Charakter hat, kommt unter die Räder bei der völligen Freiheit, die er dort hat. Ich wohnte bei Günter und habe wunderbare Tage verlebt, aber er spürte sehr wohl die Blicke der Kumpels, die uns abends nach der Schicht besuchten, und schließlich bat er mich flehentlich, um Gottes willen zu Hause zu bleiben und das halbe Jahr auf ihn zu warten, weil er mich sonst hier unten bestimmt verlieren würde. Nun hatte ich zwar keine Angst in bezug auf andere Männer, aber ich merkte selbst, daß mir das ungebundene Leben nicht guttun würde. Schon die blödsinnige Kälte dort in diesen hohen Lagen zwingt einen nahezu zum Trinken, und die Saufereien, die wir in den Tagen meines Besuches dort veranstalteten, waren wirklich nicht ganz ohne. Ganz schweigen will ich von der mehr als rüden Ausdrucksweise der Kumpels, die man nur zu leicht annimmt (ich gebrauche noch heute ein paar Flüche, die eine Medizinerin erröten machen können), und so hilfsbereit und kameradschaftlich die Kumpels sich mir gegenüber benahmen, so bin ich doch überzeugt, daß sie eines Tages, wenn ich erst einmal mich ihrer Ausdrucksweise und ihrem wirklich nicht gerade feinen Benehmen angepaßt hätte, auch vor mir nicht mehr Halt gemacht hätten. Ein älterer Kumpel erklärte mir eines Tages ganz ruhig und ernsthaft, daß ich mit meinen »schönen Koreaaugen« zwar bald Texaskönigin sein werde, daß man mich dann aber auch schnell zur Mutter machen würde. Ich war leicht erschüttert, das kannst Du Dir wohl denken. So gab ich denn auf Günters dringende Vorstellungen meinen Plan auf. Die eisige Kälte und die wahnsinnigen Schneefälle in dieser Gegend haben es mir erleichtert, ebenso das ganze äußere Bild der Stadt und ihrer Menschen, das wahrhaft nicht übermäßig ästhetisch ist. Ich war so richtig »fein in Schale« hingefahren, aber ich merkte bald, daß ich damit absolut aus dem Rahmen fiel. Außer als in Gummianzügen, Wattejacken und hohen Stiefeln, wie die Bergleute sie tragen, sollte man sich dort am besten nicht sehen lassen.

Übrigens bin ich schwerkrank von Günter nach Hause gebracht worden – das hatte die Kälte besorgt. Meine Eltern nahmen ihre verlorene Tochter in Gnaden wieder auf, ebenso mein Schulleiter (wir haben jetzt Hans Sch. – erinnerst Du Dich noch an ihn?), der von Herzen froh war, seinen »schwarzen Teufel« wiederzuhaben. Na, und erst meine Kinder!

Leicht ist das Leben ohne den Piraten freilich nicht (wir sehen uns nur alle drei Wochen), aber auch eine Trennung hat ihr Gutes. In unseren Briefen kommen wir uns näher, und es ist außerdem wirklich eine Prüfung für uns. Ich bewundere direkt meine Treue, mit der ich freudigen Herzens selbst auf das kleinste Vergnügen verzichte, das mir ohne ihn sowieso nichts geben könnte. Ich lebe nur im Gedanken an ihn. Im Anfang habe ich gefürchtet, auch er könne nicht fest bleiben in Johannstadt, denn er verdient auch seine 1.000 DM im Monat und könnte leicht in ähnliche Versuchungen wie seine Kameraden kommen, aber jetzt bin ich darüber völlig beruhigt. Wir haben uns doch vorgenommen, sehr, sehr eifrig zu sparen, weil wir im nächsten Herbst, wenn ich zum Studium ans Filminstitut der Defa gehe, heiraten wollen. Nun, über diese Pläne werde ich Dir ein andermal erzählen; nur soviel: noch nie ist mir das Sparen so erstaunlich leicht wie jetzt gefallen, da ich für ein so schönes Ziel arbeite. Alle persönlichen Bedürfnisse habe ich leichten Herzens aufgegeben – bis eben auf das verfluchte Rauchen.

Viele liebe Weihnachtsgrüße Dir und Deinen Eltern!

Deine Freundin Brigitte

P. S. Weißt Du noch, wie wir uns früher immer über Politik gestritten haben? Danach erkundigtest Du Dich doch auch.

Nächstes Mal werde ich Dir über meine heutige Einstellung Näheres erzählen, sie hat sich nicht unwesentlich geändert. Glaub mir: solche Streitgespräche wie früher werde ich heute nicht mehr mit Dir führen, trotzdem ich – erschrick nicht – aus marxistischer Überzeugung aus der Kirche ausgetreten bin. Aber dieser Schritt entspringt der marxistisch-materialistischen Weltanschauung und muß nicht unbedingt mit Politik zu tun haben.

Burg, den 11. 2. 53

Meine liebe Veralore!

Heute endlich erhielt ich Deinen Brief, auf den ich mit soviel Spannung und Sehnsucht gewartet hatte – Spannung deshalb, weil es mich selbstverständlich brennend interessiert, was Du jetzt tust und denkst und fühlst; Sehnsucht deshalb, weil ich heimlich fürchtete, Du könntest mich wieder vergessen haben oder von mir so enttäuscht sein, daß Du mir nicht mehr schriebest.

Übrigens muß ich gleich zu Anfang um Entschuldigung für meine kindlich krakeligen Schriftzüge bitten – ich schreibe bei dem unsicheren Kerzenlicht, weil wir Stromsperre haben. Apropos Handschrift: ich bin erstaunt, wie stark sich Deine Schrift verändert hat, die mir sehr viel großzügiger, freigeistiger, irgendwie schwingender geworden zu sein scheint, ohne dabei Oberflächlichkeit oder Flatterhaftigkeit zu zeigen.

Im Gegensatz zu Deinen so viel schwungvolleren Buchstaben aber steht der Ton Deines Briefes. Deine strenge Ruhe, der sittliche Ernst und die tiefe Nachdenklichkeit, die schon früher aus Deinen Briefen sprachen, haben sich womöglich noch vermehrt. Ich glaube, Veralore, wenn Du hier bei mir wärest, so würden wir uns prachtvoll ergänzen, weil wir so unterschiedlich veranlagt sind. Du hast etwas von der Reinheit einer Vestalin, das mir manchmal nahezu unbegreiflich erscheint.

Ich will Dir gewiß nicht zureden, dieselben Sachen und oberflächlichen Vergnügen zu »genießen«, denen ich mich, wie ich Dir beichtete, zeitweilig hingegeben habe aus Verzweiflung über die scheinbare Sinnlosigkeit meines Lebens. Inzwischen habe ich längst erkannt, daß es keine Sinnlosigkeit gibt, daß jeder Mensch die Kraft hat und haben muß, sein Leben mit rechtem Inhalt zu füllen.

Du schreibst mir gar nichts von Deiner Arbeit. Das befremdet mich, und ich glaube daraus entnehmen zu müssen, daß sie Dich nicht ausfüllt und befriedigt. Das ist schlimm. Welch' einen Trost gewährt gerade eine Arbeit, die man liebt und die uns ihre Erfolge zeigt!

Mir erscheint jetzt, da mein Leben so reich und so ausgefüllt ist, nur der Tag sinnlos und vergeudet, an dem ich keine Zeile geschrieben oder sonst irgendwie an meinem »Werk« gearbeitet habe. Du erinnerst Dich wohl, daß ich Dir schon früher von meinen schriftstellerischen Versuchen erzählte; vielleicht deutete ich auch im letzten Briefe schon an, daß ich an einem Jugendroman »Die Denunziantin« schreibe. Ich habe hier in Burg einen Mäzen gefunden: den bekannten Schriftsteller O. B. Wendler, der mich außerordentlich fördert (im erfreulichen Gegensatz zu anderen jungen Autoren, die er in seiner ironischen Art scharf kritisiert, was die meisten nicht vertragen), weil er sich viel von mir verspricht.

Auch bei mir ging nicht alles glatt. Ich habe bis vor kurzer

Zeit einen unmöglich schwülstigen Ausdruck gehabt, den mir Wendler unbarmherzig vorwarf, bis ich meine Fehler mit Schrecken erkannte und eine ganz neue Bahn beschritt – eben mit meiner »Denunziantin«, von der Wendler begeistert ist. Kürzlich wurde in unserem Bezirk ein Verband junger Autoren gegründet, dessen Vorsitzender der Schriftsteller Brennecke ist. Ich wagte in einem Anfall von Bescheidenheit nicht, mich um Aufnahme zu bewerben, aber das erledigte Wendler für mich, denn eines Tages bekam ich ein Schreiben vom Schriftstellerverband, das mich zur ersten Autorentagung einlud. Welche Freude und auch Ehre mir das bedeutet, wirst Du ermessen können, wenn Du weißt, daß in der ganzen DDR nur ca. 300 Schriftsteller im Verband sind. Wendler hatte ohne mein Wissen die ersten vier Kapitel meiner »Denunziantin« dem Autorenverband eingereicht, und unser Vorsitzender fand sie so großartig, daß er sofort ihren Druck in einer »Anthologie junger Schriftsteller« in die Wege leitete. Freilich mußte ich diese ersten Kapitel noch einmal überarbeiten (ich habe mich noch nicht ganz vom Slang der Pennäler gelöst) und – was das schlimmste war – noch einmal ganz abtippen. Die Arbeit hat mich fast unter die Erde gebracht, denn ich hatte für diese ganze Arbeit nur einen Termin von vier Wochen bekommen und mußte sie neben der ganzen Schularbeit erledigen.

Es war geradezu ein Glück, daß Günter nur alle 3 Wochen auf Urlaub kommt, denn so hatte ich wenigstens meine Ruhe. Tag für Tag habe ich bis nachts um 2 oder 3 Uhr geschuftet, und natürlich war ich mit den Nerven völlig auf dem Hund. Vorigen Sonntag habe ich die Arbeit abgeliefert. Das erste, was ich tat, war, daß ich abends um 7 Uhr ins Bett gegangen bin und mich wonnig ausgeschlafen habe.

Nun geht es weiter – mit den nächsten Kapiteln, daß dann der ganze Roman veröffentlicht werden kann. Ach, Veralore, das Leben ist doch schön, wenn man nur erst die rechte Art gefunden hat, wie sich's am besten leben läßt.

Ich bin heut ganz und gar entfremdet jeder Art von Vergnügungen, wie sie sich eine Zeitlang in mein Leben drängten. Seit Günter im Erzbergbau ist, bin ich keinen Schritt mehr fortgegangen, sondern habe einsam und still für mich in meinem Zimmer gesessen, an meinem Roman geschrieben oder für die Schule gearbeitet und bin treu gewesen wie noch nie. Manchmal erscheint es mir selbst nahezu unfaßbar, daß ich mich so grundlegend gewandelt habe, daß ich nur noch im Gedanken an den einen lebe, nur noch, Tag und Nacht, auf den einen warte, um ihn dann – nach Wochen schmerzlicher Trennung – für einen kurzen Tag wieder bei mir haben zu dürfen. Und doch bin ich glücklich, so glücklich und zufrieden wie nie bisher. Was könnte es auch Schöneres geben, als in Gedanken an den geliebten Menschen schaffen zu dürfen? Nun wird es auch nicht mehr lange dauern, bis ich meinen schönen Freund auf immer bei mir habe.

Ostern will ich ihn noch einmal in Johanngeorgenstadt besuchen, und dort wollen wir uns verloben. Wir haben wahrhaftig Zeit und Gelegenheit genug gehabt, uns zu prüfen. Wahrscheinlich habe ich Dir schon öfter versichert, was ich auch jetzt wieder sage, aber diesmal kann ich es durch Beweise erhärten: Ich liebe – so tief und echt, wie ich es mir selbst nicht zugetraut hätte.

Im Herbst wollen wir beide nach Berlin zum Studium gehen. Eine strahlende Zukunft liegt vor uns, zwar reich an Arbeit, aber sicherlich auch reich an Glück und Freuden. Wir sind beide ehrgeizig – ich vielleicht noch mehr als Günter, und wir wollen etwas erreichen. Ich will Regisseur werden – oder Schriftsteller. Über letzteres mag mein »Erstling« entscheiden, denn ich kann selbst noch nicht an meine Begabung glauben – trotz aller Versicherungen meiner Förderer. Und Günter will die Technische Hochschule besuchen und Ingenieur werden – damit hast Du den Grundriß unserer Zukunft. Wir wollen gleich im Herbst in Berlin heiraten und sparen energisch, um bis zum Herbst ca. 5.000 DM zu haben, um wenigstens einen vernünftigen Start zu haben.

Bitte, antworte gleich, ja?

Mit den herzlichsten Grüßen

Deine Brigitte

Burg, 10. 3. 53

Meine liebe Veralore!

Herzlichen Dank für Deinen letzten Brief! Verzeih, daß ich Dir nicht schon eher antwortete, aber – die alte Geschichte: ich war mal wieder blödsinnig überlastet mit schulischer und schriftstellerischer Arbeit.

Am vergangenen Sonntag hatten wir wieder Arbeitstagung junger Autoren. Ich bin dort in einen Kreis begabter, kluger und interessanter Menschen gekommen, unter denen ich mir erstaunlich unbedeutend vorkäme, wenn ich nicht die weitaus jüngste und vor allem das einzige Mädchen wäre, das natürlich immer im Mittelpunkt steht. Als wir am Sonntag nach der Tagung bis zum anderen Morgen ein geistsprühendes zünftiges Schriftstellergelage veranstalteten (à la Künstler-Kreis bei Lutter & Wegener), bei dem der Wein in Strömen floß, wurde ich feierlich zur

»vielgeliebten Dichterin« gekrönt, alldieweilen mir am Tage ein halbes Dutzend Liebesgedichte auf den Tisch geflattert waren, die der schöpferischen Begeisterung unserer Lyriker (für die ich leider kein Verständnis habe) entsprungen waren.

Besonders einer aus unserem Kreis, ein bildhübscher, pechschwarzer Bursche mit großen blauen Augen, hoch begabter, feuriger Lyriker, hat sich seit einiger Zeit sterblich in mich verliebt. Dieter ist mit 24 Jahren der zweitjüngste unserer Gemeinschaft, und so bevorzuge ich ihn zum Ärger der anderen sichtbar. …

Verzeih diesen albernen Seitensprung in das Gebiet weiblicher Eitelkeit!

Weit Wichtigeres hat sich begeben. Ich werde nicht zum Studium nach Berlin gehen, denn andere Perspektiven haben sich uns eröffnet, großartige Perspektiven – so großartig, daß ich vorläufig noch nicht an ihre Realisierung zu glauben wage, obgleich ich mir nichts Herrlicheres erträumen könnte. Wie Du weißt, schreibe ich an einem Jugendroman. Wendler ist begeistert davon, unser Vorsitzender Wolf D. Brennecke dito. Sie haben mir geraten, bis zum 1. September die Paukerin weiterzuspielen, währenddessen die »Denunziantin« zu Ende zu schreiben (die mir 5–6000 eintragen wird), mich mit dem Honorar zur Ruhe zu setzen und erst einmal ein Jahr lang als freie Schriftstellerin zu arbeiten, damit man beurteilen kann, ob meine Begabung tatsächlich das hält, was sie verspricht.

Ich habe mit meinen Eltern gesprochen, und sie sind – ich glaube wieder an Wunder! – mit dem Plan einverstanden (wahrscheinlich, weil der Name Wendler dahintersteht!). Jetzt gibt es freilich noch ein paar Monate angestrengter Arbeit, bis die »Denunziantin« vollendet ist, aber dann – oh, Freiheit! Oh, Glück, endlich arbeiten zu dürfen! Unendlich viel hängt von diesem einen Probejahr ab. Zwei Wege nur gibt es noch für mich: den in eine tiefe, nie zu überwindende Enttäuschung – oder den in eine strahlende Zukunft voll Arbeit und Glück – und Freude am Schaffen! Kannst Du Dir vorstellen, was das für mich bedeutet: Tag und Nacht in meinem Zimmer sitzen und schreiben dürfen – nur und nur schreiben, soviel, so oft es mir Freude macht?! Ich könnte mir auf dieser Erde wahrhaftig kein höheres und reineres Glück erträumen –

Vielleicht macht mir dieses atemberaubend köstliche Leben sogar noch ein Geschenk: daß nämlich Günter in die Ingenieurschule von Magdeburg aufgenommen wird. …

Herzliche Grüße

Deine Brigitte

Burg, 18. 4. 53

Meine liebe Veralore!

Hab herzlichen Dank für Deinen Brief, den ich vorgestern erhielt, nachdem ich Dir nicht einmal auf den ersten geantwortet hatte. Ich schäme mich sehr dieser – ja, ich kann nicht einmal »Bummelei« sagen, denn ich habe gar nicht gebummelt. Im Gegenteil, ich habe während der letzten Wochen mit einer derartigen Intensität an meiner »Denunziantin« gearbeitet, daß ich sie vor zwei Tagen vollenden und gestern an den Mitteldeutschen Verlag senden konnte, der sich sehr dafür (und für mich) interessiert. Bin ich entschuldigt? Diese Karte ist sozusagen eine Abschlagszahlung, denn ich bin schon wieder sehr in Eile, ich fahre in einer Stunde über Sonnabend/Sonntag zur Autorentagung. Am Montag folgt ein langer Brief – ganz bestimmt!

Mit einem herzlichen Gruß

Deine Brigitte

Burg, den 20. 4. 53

Meine liebe Veralore!

Gestern abend kam ich ziemlich beschwipst von einer zweitägigen Autorentagung zurück (vorsichtshalber beförderte mich ein Freund im Auto von Magdeburg nach Hause, da sonst eine richtige Ankunft nicht garantiert schien), und so habe ich heute den üblichen entsetzlichen Katzenjammer. Der stammt aber nicht etwa von alkoholischen Nachwirkungen – die habe ich mir durch hartnäckiges Training abgewöhnt –, aber es ist die unausbleibliche Erscheinung nach einem wunderschönen Erlebnis. Unsere herrliche Gemeinschaft bereitet mir immer wieder Stunden ungetrübten, stürmischen Glücks und das Gefühl völligen Ausgefülltseins – eine Zufriedenheit, wie ich sie sonst nicht mehr kenne.

...

Du wirfst mir in Deinem letzten Briefe vor, ich wäre so anders geworden – leichtsinnig, oberflächlich geradezu. Ich kann Dir nicht einmal sagen, Du urteilst voreilig, denn ich habe vielleicht in meinen Briefen immer gar zu sehr die Lebenslustige gespielt. Ich sage bewußt: gespielt, denn es ist nicht mehr als ein Schauspiel, das ich mir und meiner Umgebung biete. Man hält mich für glücklich – und manchmal versuche ich selbst es mir einzubilden –, weil ich

Erfolg habe in allem, was ich anfasse, weil ich umschwärmt und verehrt werde, aber was steckt letzten Endes dahinter? Ich bin fröhlich mit den Fröhlichen, ich lache und singe und trinke und flirte und kann herrlich beschwipst und verrückt sein, aber das Erwachen sieht keiner. Niemand kennt ja die Stunden der Verzweiflung, in denen ich mit mir ringe um das große Ziel, das ich erreichen will und vor dem mir alles andere gleichgültig und klein erscheint. Ich bin weit entfernt davon zu sagen, daß ich da, wo andere ihr Herz tragen, einen Stein hätte – oh, ich bin oft verliebt und selig und betrübt, aber all das sind bedeutungslose Randverzierungen, die mich nicht tiefer berühren.

Du schreibst, Du hättest in der Liebe keine glückliche Hand. Nun, und ich? Wie viele habe ich schon gehabt, wie viele haben mir gefallen – Erfüllung habe ich nie gefunden. Ich habe geflirtet und geküßt, und am anderen Morgen hatte ich einen bitteren Geschmack im Munde. Sobald ich mein Ziel erreicht hatte, habe ich mich – oft geradezu mit Ekel – abgewendet und gelangweilt, habe nach Neuem gestrebt. Das ist gut in der Kunst, denn es gewährleistet eine ständige Höherentwicklung – ein Künstler darf niemals mit seinem Werk zufrieden sein, sondern muß immer Größeres und Schöneres schaffen. Aber in der Liebe ist diese Unzufriedenheit eine verdammt unangenehme Sache. Selbst mein Günter, den ich aufrichtig zu lieben glaubte, hat mich enttäuscht, ist er doch das gerade Gegenteil von mir. Er ist ein Mensch, der mit dem eben Erreichten unbedingt zufrieden ist, und wir haben schon manche heftige Auseinandersetzung gehabt, wenn er mir vorwarf, ich sei »Karrierist«. Ich habe geglaubt, ich könnte mich hinwegsetzen über diese nerventötende Zufriedenheit von ihm, aber ich spüre gerade in letzter Zeit stärker denn je, daß ich es niemals können werde. Es macht mich einfach verrückt, ihn von häuslichem Glück, von ruhiger Arbeit und von still gemütlicher Zurückgezogenheit träumen zu hören. Dieses Spießerglück würde mich töten! Er war jetzt recht lange nicht mehr zu Hause, weil wir uns über diesen Punkt schwer gestritten hatten, und ich fürchte manchmal, wir werden nicht wieder zueinander zurückfinden. Ich weiß nicht einmal, ob mich das sehr traurig machen würde. Ich habe ihn in den letzten Wochen schrecklich betrogen – ohne die geringste Reue, während ich doch im ersten halben Jahr unserer Freundschaft keinen Schritt ohne ihn getan, keinen anderen Mann auch nur angeblickt habe.

Einen Hauch von wahrem Glück, vom Gefühl des Ausgefülltseins verspüre ich nur bei unseren Autorentagungen. Du kannst Dir nicht vorstellen, wie ich hungere nach der Begegnung mit Menschen, die denken und hoffen und glauben wie ich. Während der Tagungen merke ich keine Müdigkeit, und hinterher stürze ich mich in einen tollen Trubel mit ihnen. Mit Ausnahme von zwei alten Schachteln bin ich das einzige weibliche Wesen in unserer Gemeinschaft, und unsere Männer sind allesamt feurige Phantasten. Es ist nicht übertrieben, wenn ich sage, daß sie alle eine Schwäche für mich haben, die bei den meisten in helle Verliebtheit ausgeartet ist. Während der Tagung erreicht mich ein Zettelchen nach dem anderen mit mehr oder weniger schönen Liebesgedichten; nach der Arbeit gibt es Kämpfe darum, wer neben mir sitzen darf, und unsere wirklich schöne Gemeinschaft wird nur ab und zu getrübt durch Eifersüchteleien, die manchmal in Bosheiten ausarten und scharfe Worte. Dieser Gefahr kann man nur begegnen, wenn man seine Gunst keinem schenkt – und doch scheinbar jedem. Meist setze ich mich neben meinen alten Freund Wendler, vor dem sie alle Ehrfurcht haben, und unseren Vorsitzenden Brennecke, der sonst immer sehr ruhig ist. Gestern hat er freilich auch einen Knall gekriegt und mich feierlich zur Königin unserer Gemeinschaft ernannt und eine Runde Wodka nach der anderen auf mein Wohl trinken lassen, daß wir nachher alle ziemlich blau waren.

Gestern und vorgestern war es überhaupt toll. Wir hatten einen berühmten Schriftsteller, Peter Nell, zu Gast, mit dem ich am Abend Brüderschaft trank. Ich merkte wohl, daß ich ihm gefiel, und ich nützte das in selbstloser Weise aus, indem ich ihn überredete, einen Tag länger als vorgesehen zu bleiben, worüber sich die ganze Bande blödsinnig freute, denn Peter Nell ist ein fabelhafter Kerl, ein scharfer Kritiker und großartiger Schriftsteller (als er eine seiner Reportagen über das KZ Auschwitz vorlas, hatten selbst unsere Männer Tränen in den Augen, und ich habe mich meines Weinens nicht geschämt).

An diesem Tage las ich ein Kapitel aus meiner »Denunziantin« vor. Du kannst Dir nicht vorstellen, wie tief es mich beeindruckte, einer Begeisterung zu begegnen, die nicht persönlichen Motiven entsprang. Es wurde als das beste bezeichnet, was in unserer Gemeinschaft geschrieben worden ist, selbst Wendler nannte es so großartig, daß es unsere Besten nicht vollendeter hätten schreiben können, und mein schwarzer Dieter saß neben mir und strahlte übers ganze Gesicht – mehr als ich, die ich ungläubig alles anhörte, denn nie war mir die »Denunziantin« schlechter vorgekommen als im Moment des öffentlichen Vorlesens. Vielleicht kannst Du mir nachfühlen, was ich empfand, als

Peter Nell sagte: »Unsere Brigitte hat eine ungeheure Begabung, die sie in die Reihe unserer Besten stellen kann.« Dann aber drohte er mir mit dem Finger: »Wehe, wenn Du Dir was darauf einbildest! Arbeiten mußt Du jetzt erst recht –« Und das werde und will ich!

Ich wurde zu einer Vortragsreihe in den Städten des Bezirks aufgefordert; der Verlag hat mein Manuskript begeistert genommen – hätte ich nicht eigentlich Grund zur Zufriedenheit? Ich bin nicht zufrieden. Und das ist gut so, glaube ich.

Von Tag zu Tag wird meine Sehnsucht stärker nach einem Menschen, der mich versteht, der mit mir liebt und haßt und strebt, der sich nicht nur in meine Augen verguckt, sondern meine Arbeit anerkennt und mir auf dem mir vorgezeichneten Wege hilft. ...

Glücklich, Veralore, glücklich in des Wortes schönster und tiefster Bedeutung bin ich nur in den Stunden, in denen ich am Schreibtisch sitze und Menschen und Schicksale forme nach meinem Willen. Ich schreibe leicht, zu leicht – meist strömt es aus mir und reißt mich fort, aber es gibt so viele Stunden des Zweifelns, in denen ich das Geschriebene zerreißen möchte und jeden Glauben an mich verliere. Oft ist es gerade in diesen Augenblicken tiefster Mutlosigkeit, daß ich plötzlich lache und mich in den tollsten Wirbel des Vergnügens stürze, weil ich mir einbilde, mich damit betäuben zu können. Trauriger Selbstbetrug! Vielleicht würde mancher erschrecken, wenn er hinter die Kulissen sehen könnte, und würde nicht mehr dieses glückliche Geschöpf beneiden oder moralisch verdammen (was bei den meisten konform geht).

Siehst Du, Veralore, jetzt habe ich doch wieder die ganze

Zeit nur von mir erzählt, aber ich mußte endlich jemandem mal mein Herz ausschütten. Nimm es mir nicht übel, daß ich wieder egoistisch war! Mir ist ein bißchen leichter und freier. Der Himmel bewahre mich davor, jemals mit mir und meinem Los zufrieden zu sein – Zufriedenheit ist Stagnation und damit aller Laster Anfang.

Schreib mir bald wieder, meine liebe Freundin, ja?

Deine Brigitte Reimann

Burg, den 12. 9. 53

Meine liebe Veralore!

… Es ist sehr lieb von Dir, daß Du mich zu Dir nach Essen einlädst, und ich brauche Dir doch wohl nicht zu versichern, daß ich viel darum geben würde, wenn ich dieser Einladung Folge leisten und Dich endlich einmal wiedersehen könnte. Außerdem, das kannst Du Dir wohl vorstellen, würde es mich sehr locken, den vielgeschmähten, vielgerühmten Westen endlich einmal aus eigener Anschauung kennenzulernen, denn ich kenne zwar Westberlin, das aber in jeder Hinsicht Ausnahme ist und keinen Maßstab bietet.

Aus dieser langen Einleitung siehst Du schon, daß ich nicht zu Dir kommen kann – und die Gründe werde ich Dir sofort darlegen. Es gibt da zwei Hauptgründe, denen ich mich – obgleich mit Zähneknirschen – beugen muß: Erstens habe ich – bitte, lach nicht! – keinen Pfennig Geld. Ich mußte ja leicht kichern, als Du die naive Bemerkung machtest, ich hätte ja Geld. Da bist Du aber – leider – schwer auf dem Holzweg. Ein junger Schriftsteller ist nämlich in 99 von 100 Fällen ein verdammt armes Schweinchen, und bedauerlicherweise gehöre ich momentan noch zu diesen 99.

Übrigens mußt Du nicht denken, daß mich das in irgendeiner Weise erschüttern könnte – beinahe das Gegenteil ist der Fall, denn ich fühle mich im allgemeinen dabei durchaus wohl und zufrieden – bis eben plötzlich eine Sache an einen herantritt, die man eigentlich schrecklich gern mitmachen möchte und sich mangels Pinke verkneifen muß – wie jetzt z. B. die Fahrt in den Westen. Ich lebe buchstäblich von der Hand in den Mund – d. h. von gelegentlichen Honoraren für Autorenvorlesungen, Artikel und Kurzgeschichten. (Gerda Neumann hat übrigens leicht übertrieben, wenn sie von einem »Roman« in der Zeitung schrieb, denn es handelt sich nur um eine längere Novelle, die in mehreren Fortsetzungen erschien und für die ich von den lieben, netten, einsichtsvollen Kulturredakteuren noch nicht einmal das Honorar gekriegt habe, das seit Wochen fällig ist. Die Folge: ich verfüge über ein Barvermögen von 1,50 wertvollen DM. Hihihi!)

Wenn ich wirklich mal Pinke kriege, lege ich die Hälfte im Sekt an (als reicher Schriftsteller trinkt man natürlich nur diese besseren Sachen), den ich mit meinem Günter vertrinke, während die andere Hälfte für Kostgeld an meine Eltern – und für Schulden draufgeht. Weißt Du, für Leute mit Ansprüchen ist das Leben als »freischaffender Künstler« nichts – man muß viel Galgenhumor, Energie und Optimismus haben.

Über Mangel an Optimismus kann ich allerdings nicht klagen, denn ich sehe mich bereits als stolze Besitzerin einiger müder Tausender – wenn ich nur erst meinen Roman überarbeitet habe. Ach, Du, das Schreiben macht schon mächtig Spaß – es kann wahrhaftig glücklich machen, zufrieden sogar, wenn man eben Energie zum Arbeiten hat.

Und die fehlt mir leider noch häufig genug. Wenn etwas nicht klappt – ein Satz, ein Ausdruck nicht meinen eigenen Ansprüchen genügt, donnere ich den ganzen Kram in die Ecke und treibe irgendwelchen Unfug, der sich natürlich nicht gerade förderlich auf meine Arbeit auswirkt.

Schlimmer aber noch ist die Gefahr, sich durch seelisches und körperliches Leiden beeinflussen und ablenken zu lassen. Letzteres ist seit nahezu einem Monat bei mir der Fall – und damit bin ich beim Punkt zwei meiner Gründe (dieser jetzt folgende Grund ist übrigens schwerwiegender als der erste, denn Günter würde mir jede beliebige Summe zur Verfügung stellen, wenn es darum ginge, mir eine Freude zu machen).

Ich leide seit längerer Zeit schon an einer starken Entzündung der Gebärmutter und habe natürlich heftige Schmerzen dabei. Bisher hatte ich freilich herzlich wenig darauf geachtet, aber dank meinem Leichtsinn hat sich diese erfreuliche Sache in den letzten Wochen derart verschlimmert, daß ich nicht mehr imstande bin, das Haus zu verlassen. Ich war nämlich in der letzten Augustwoche mit Günter an der Ostsee zum Zelten und habe – entgegen der Anordnung meines Arztes – bei starkem Seegang und ganz netter Kälte mehrmals gebadet. Verständlicherweise hat mir das den Rest gegeben.

Nun bin ich ständig in ärztlicher Behandlung, verlasse selten das Bett, bin weder zu körperlicher noch zu geistiger Arbeit fähig und bin momentan geradezu stolz darauf, Dir einen richtigen Brief schreiben zu können. Meine zahlreichen anderen Korrespondenzpartner haben sich seit Wochen mit kurzen, meist diktierten Karten begnügen müssen.

Manchmal bin ich von Schmerzen so gepeinigt, daß ich allen Mut verlieren möchte, aber da ist es immer wieder Günter, der mir neue Kraft gibt. Er umgibt mich mit wahrhaft rührender Aufmerksamkeit und bringt eine liebevolle Geduld mit mir auf, die ich kaum fassen kann, denn ich bin oft ein rechtes Ekel vor Ungeduld.

Ja, ich bin tatsächlich nur noch bei meinem Piraten, und es sieht ganz so aus, als werde das auch in Zukunft so bleiben. Ich will nicht wieder damit anfangen, ihn in allen Tonarten zu loben und preisen – ich fände wahrhaftig kein Ende, obgleich er mir andererseits auch manchen Kummer bereitet. Ich schrieb Dir ja schon einmal, daß er recht ungebildet ist und in allen künstlerischen Dingen ein richtiges Kind – literarisch einfach ohne jeden Geschmack. Dem gegenüber steht sein gesunder Intellekt, sein wirklich prächtiger Charakter, seine Lauterkeit und Ehrenhaftigkeit, die er niemals verletzt.

Freilich habe ich in letzter Zeit Sorge um ihn, weil er anfängt zu trinken. Dieses neue Laster ist eine Konsequenz aus einer Streitigkeit zwischen uns, in deren Verlaufe ich ihm ein für alle Male ernsthaft gesagt habe, daß ich einen Menschen wie ihn nicht heiraten kann. Seitdem bildet er sich ein, er habe kein Lebensziel mehr, brauche nicht zu sparen und dergleichen Unsinn mehr. Seine Trinkerei ist purer Trotz, Erpressung geradezu, denn ich weiß genau, daß er, wenn ich ihm eine Ehe zwischen uns als möglich darstellte, sofort sein Laster aufgeben und für mich und unsere Zukunft schuften würde mit eisernem Fleiß und Ausdauer.

Übrigens bin ich im stillen durchaus davon überzeugt, daß wir beide nicht mehr voneinander lassen und – horribile dictu! – in den traulichen Hafen der Ehe einsegeln werden, was ich aber noch solange als möglich aufschieben werde. Unser jetziges Verhältnis zueinander ist doch bedeutend romantischer – mit nächtlichem Fensterln (ich habe jetzt ein Zimmer im Erdgeschoß), mit verbotenen und desto süßeren Schäferstündchen und glühender Sehnsucht, wenn wir uns einmal einen ganzen Tag lang nicht gesehen haben. Wenn alle unsere herrlichen Verrücktheiten erst einmal durch das Gesetz legalisiert worden sind, werden sie vermutlich sehr viel weniger Spaß machen.

Hast Du schon bemerkt, daß ich mal wieder erstaunlich abgeschweift bin? Da habe ich Dir mit der Darlegung meiner zwei Gründe gleich einen kurzen Abriß meines augenblicklichen Lebens gegeben. Du wirst sicher die Berechtigung meiner Gründe einsehen, um so mehr, wenn ich Dir sage, daß ich auch eine außerordentlich wichtige Studienreise nach Johanngeorgenstadt, wo zum größten Teil mein nächster Roman spielt, deshalb fallenlassen muß – vor allem eben wegen meiner Erkrankung –, und ich habe wirklich schon genug geflucht und gejammert deswegen. Auch um meine Fahrt nach Johannstadt tut es mir bitter leid, denn ich brauche noch dringendst Material über die dort geleistete Kulturarbeit, über die Arbeit der Kumpels untertage und dergl.

Ich freue mich sehr, daß ich endlich ein Bild von Dir bekommen werde. Von Günter und mir kriegst Du auch bald mal welche; ich muß mich sowieso für mein Brüderchen Lutz knipsen lassen (obgleich ich in der letzten Zeit erstaunlich häßlich geworden bin), denn der ist jetzt zum Studium nach Rostock gegangen. Ein hübscher und unheimlich kluger Bengel ist der Lutz geworden – hat als einziger an der Schule sein Abitur mit einer glorreichen 1 bestanden, hat schwere Chancen bei Mädchen und ist der Liebling sämtlicher Lehrer, Verwandten und Bekannten. Der Abschied von ihm ist mir sehr schwergefallen, denn ich liebe ihn fast noch mehr als Günter und vermisse schmerzlich unsere Unterhaltungen in der Abendstunde, wenn wir beide zusammenhockten und philosophierten oder über Kunst, Wissenschaft und Politik diskutieren. …

Es grüßt und küßt Dich von ganzem Herzen

Deine Brigitte

Neubrandenburg, 30. 3. 72

Liebe Veralore,

nachdem ich Deine Botschaft (und die neue Adresse) bekommen habe, will ich ohne Verzug darangehen, Dir zu erzählen. Es wird ein Etappen-Brief werden; ich habe grausame Schmerzen und kann nicht lange vor der Maschine sitzen, und ich muß noch ein Buch zu Ende schreiben, an dem ich fast zwei Jahre lang nicht gearbeitet habe (all die Zeit – mit ein paar Unterbrechungen – war ich in der Krebsklinik): mein erstes und einziges anständiges Buch, das muß also fertig werden, um jeden Preis.

Zwanzig Jahre, du lieber Gott! Der Blick zurück – ich glaube, es wird nicht leicht werden. Eine Lebensgeschichte, die sich vor drei Jahren noch gut und erfreulich angehört hätte; heute ist es eine Geschichte, über der stehen müßte: »Es war einmal –« Es war einmal eine höchst lebendige Frau, die zweimal ein Studium begann, zweimal den Hochschulen entlief, aus Rebellion gegen ihre Herren Lehrer, provisorisch Lehrerin wurde, während sie ihr erstes Buch schrieb (diese »Frau am Pranger« – Herrje, damals war ich beinahe noch ein

Kind), eine Menge Männergeschichten hatte, eine Menge Dummheiten beging – die sie bis heute nicht bereut –, viermal heiratete, kein Kind wollte – was sie heute ein bißchen bereut –, weil sie Schreiben für wichtiger hielt, und die Kneipen und Luxusbars, Hinterhofwohnungen und die Villen der Prominenz kennenlernte; es war einmal eine Schriftstellerin, die zu früh und zu viel Erfolg hatte, manchmal hungerte und manchmal wahnsinnig viel Geld verdiente, einen Haufen Orden bekam und so ziemlich alle Literaturpreise, die hierzulande verliehen werden, an eine Große Sache glaubte und an einer Großen Sache zweifelte, sich nach fremden Ländern sehnte und nur die Nachbarschaft zu sehen bekam, Polen, Prag, Moskau – und allerdings das herrliche, unvergeßliche Sibirien, Baikalsee und die Taiga, und die in jungen Jahren verhaftet wurde und eingesperrt werden sollte, und die zehn Jahre später am Tisch von Walter Ulbricht Abendbrot aß, mal ganz unten und mal ganz oben war, mit berühmten Malern und Literaten verkehrte und als Hilfsschlosser in der Brigade im Braunkohlenkombinat arbeitete – kurzum: es war einmal, und es war gut so, und auch das Schlimme und Dreckige war in seiner Art gut.

Heute erinnern sich noch ein paar Leser, daß es mal eine B. R. gegeben hat; heute habe ich noch ein paar Freunde, auf die ich stolz bin, weil sie nicht nur zu den besten Schriftstellern unseres Landes zählen, sondern auch gütige Menschen sind (das geht nicht immer zusammen, wie ich früher dachte); heute schreibe ich unter Qualen an meinem ersten guten Roman, der wahrscheinlich auch mein letzter sein wird; heute bin ich unheilbar krank an Knochenkrebs und höre mir lächelnd – oder manchmal zornig – die barmherzigen Lügen an, wieviel Zeit mir vielleicht, unter günstigen

Umständen, noch bleibt; heute sehe ich immer noch aus wie das blühende Leben, habe nicht eine Falte im Gesicht, nicht ein einziges graues Haar (so wunderbar kann die Natur schwindeln), trage Zöpfe und Niethosen, falls ich mich nicht aus Repräsentationsgründen – mein Mann ist Arzt, und unter den Ärzten sieht man noch auf Etikette, gelegentlich – in irgendwelche unausstehlichen Samt- und Seiden-Klamotten werfen muß, habe einen zehn Jahre jüngeren Mann und viel zu junge Anbeter, sitze in einer Wohnung, die mit Tausenden von Büchern vollgestopft ist, mit kostbaren alten Möbeln und Uhren, sehe mich um und begreife allmählich, wie nichtig der Besitz ist, der uns einst besessen hat, verdiene schon lange keinen Pfennig mehr, werde also ausgehalten von einem Mann (ich gebrauche absichtlich das scheußliche Wort, weil meine Lage scheußlich ist: ich war immer eine selbständige Frau, habe mich immer selbst durchgebracht, mehr: ich habe all die Jahre meine Männer mit durchgebracht, die – jeder auf seine Art – untüchtig waren und eine Stütze brauchten – in jedem Sinne, vom moralischen bis zum finanziellen); heute gehe ich durch die Straßen, wo mir die jungen Männer nachpfeifen, wo die Leute spazieren, die so unverschämt, so beneidenswert gesund sind, trage einen Mädchenkörper mit mir herum und spüre bei jedem Schritt, wie dieser Körper von innen her zerfällt, wie der Tod geräuschlos und unaufhaltsam in den Wirbeln frißt, und während ich grüße und lächele, möchte ich brüllen vor Verzweiflung, diesen gesunden Menschen zuschreien, wie ungerecht es ist, wie entsetzlich ungerecht –

Schluß der ersten Etappe. Jetzt werde ich bitter, und das wollte ich nicht. Übrigens denke ich gar nicht so oft daran:

wenn ich arbeite, gibt es eben nur die Arbeit, und das andere vergesse ich völlig. An einem der nächsten Tage schwatze ich Dir ein bißchen von den Ehen und Büchern.

5. 4.

Liebe Veralore, neulich habe ich mich gehenlassen, sieh es mir nach! Manchmal verliert man doch seine Haltung – Ich will jetzt versuchen, ein bißchen der Reihe nach zu erzählen. Also, Domnik ist lange durch. Hast Du ihn noch kennengelernt? Ein hübscher Junge, soweit ich mich erinnere (seit Jahren habe ich keine alten Fotos mehr angesehen: Erinnerungs-Ballast), aber ziemlich dumm oder jedenfalls lernunwillig und mit einer fürchterlichen Familie behaftet, die »diese Bürgerstochter« von Herzen haßte. Später fing er an zu saufen, scheußliche Zeit, ich bin ihm ein paarmal weggelaufen, habe bei der Defa in Berlin gearbeitet, Drehbücher geschrieben, mich mit Schauspielern und Regisseuren und Schriftstellern herumgetrieben – Gott, ist das ewig lange her! Und wie merkwürdig, wenn man diese Leute – soweit sie nicht auf der Strecke geblieben sind – heute wiedertrifft – Die zwei großen Lieben aus jenen Jahren: beide Schriftsteller; der eine hatte damals sein erstes Buch herausgebracht, übrigens eine hochbegabte Arbeit; er war ein stolzer, verletzbarer Mensch und einer der schönsten Jungen, die ich je gesehen habe – heute schreibt er nicht mehr, kann nicht mehr schreiben, sieht zum Erbarmen aus, stirbt langsam dahin an einer unheilbaren Krankheit – Der andere, durch dessen mit dem Nationalpreis gekrönten Roman ich als weibliche Hauptfigur spaziere und der damals ebenfalls sensibel und voll schöner Ideale war, ist heute Professor und verfettet an Leib und Seele –

D. kam dann ins Gefängnis (ein Trunkenheitsdelikt), ich wohnte im Schriftstellerheim, dort lernte ich Pitschmann kennen, der mich nicht ausstehen konnte, weil ich von morgens bis abends besoffen war und eine blöde Hemingway-Philosophie hatte – keine Ahnung, warum wir dann doch zusammenkamen – er jedenfalls hat mich durch eine Geschichte verzaubert und erobert, wundervoll geschrieben. Wir haben uns von unseren jeweiligen Partnern scheiden lassen, haben in Burg gewohnt, im Haus meiner Eltern, in einem Zimmer, das wir durch einen Bücherschrank trennten, über den wir uns während der Arbeit Zettelchen und Liebesbriefe zuwarfen; es ging uns hundeschlecht, wir hungerten (was wir natürlich vor meinen Eltern stolz verbargen), trotzdem waren wir glücklich und voller Anmaßung und überzeugt, daß wir demnächst Balzac und Thomas Mann glatt an die Wand schreiben würden. Aber als unsere Bücher fertig waren, wurden sie nicht gedruckt, unsere Themen waren seinerzeit unerwünscht. Inzwischen – aber wer mag diese alten Romane wieder hervorkramen? Mögen sie in Gottes Namen in einer Schublade begraben sein.

Wir sind dann zusammen in das Kombinat Schwarze Pumpe gezogen, das damals aufgebaut wurde, d. h. in die neue Stadt, von der seinerzeit erst ein paar Wohnblöcke standen, wir haben das Wachsen einer Stadt miterlebt, ein aufregendes Abenteuer, wilde Zeit, Goldgräberzeit, wie man's nannte, und haben im Kombinat gearbeitet – ach das war nichts für meinen armen P., der ein Lord ist vom Scheitel bis zur Sohle, esoterisch, Rilke-Anbeter, Elfenbeinturm-Bewohner, aber mir ist es bekommen, und ich habe während der Zeit ein Buch geschrieben, durch das ich plötzlich, auf geradezu bestürzende Weise, bekannt geworden bin – ein Glücksfall, es kam halt zur rechten Zeit, »Ankunft im Alltag«: später wurde von den Germanisten die ganze Literaturströmung jener Jahre danach benannt, und so geistere ich wenigstens als Vortruppler der »Ankunftsliteratur« durch die Lexika (dabei stammt der Titel nicht mal von mir, sondern von meinem lieben Lektor, mit dem ich seit der »Frau am Pranger« zusammenarbeite – damals war er so ein junger Springer, der gerade von der Hochschule kam; heute ist er Verlagschef, hat Magengeschwüre und ist ein wirklich guter Verleger geworden, mit der richtigen »Nase«, Du verstehst schon, und mit Fingerspitzengefühl für seine – zuweilen sehr schwierigen – Autoren). Jedenfalls, jetzt saßen wir dick im Glück, ich hatte Riesenauflagen und viel zu viel Geld (na, wenigstens hab ich mehr für andere rausgeschmissen als für mich: meine beiden kleineren Geschwister studierten noch, waren also andauernd in Nöten, und in unserem Haus wohnten Leute genug, die aus argen Verhältnissen kamen und sich nach Teppichen, neuen Möbeln, Kleidern und wer weiß was sehnten – also, gespart habe ich nichts in den fetten Jahren, und wenn das ein Fehler war, so war's doch einer, der Spaß gemacht hat), ich bekam Preise und alle möglichen Ehrenämter und einen Wagen – übrigens kann ich bis heute nicht Auto fahren; beim ersten Versuch hätte ich beinahe einen Bus gerammt, beim zweiten hab ich das Ding auf eine Böschung gefahren und umgekippt, und seitdem lasse ich die Finger vom Lenkrad. Schlimm, daß bei alledem mein armer P. immer mehr ins Hintertreffen geriet, eine Art Prinzgemahl wurde, eben »der Mann von Frau Reimann«, und das bekommt keiner Ehe. Er schreibt eine viel schönere Prosa als ich, arbeitet aber entsetzlich langsam, bastelt tagelang an einem Satz, ist eben kein wirklicher Erzähler, vermutlich, weil es ihm an Geschichten fehlt, und Geschichten fehlen ihm, weil er schwer oder fast gar nicht Kontakt zu anderen Menschen findet (oder auch nicht mal sucht), während ich immer voller Neugier, geradezu Gier auf Menschen war, mir tausend Beichten und Lebensgeschichten angehört habe. Herrje, und wie viele Leute kamen zu mir in die Wohnung, von der verklemmten Oberschülerin bis zum Fremdenlegionär, und packten ihre Sorgen aus – vielleicht, sicherlich brauchen die meisten so einen, der ihnen zuhört und Anteil nimmt – wir haben noch keinen Ersatz für den Beichtvater der Katholischen Kirche, und die geschulten Psychoanalytiker, die an ihre Stelle treten könnten, müßten, sind noch rar hierzulande. Na, dies nebenbei, und damit Schluß der zweiten Etappe.

14. 4.

Liebe Veralore, die Abstände zwischen den Etappen werden immer länger: zunehmende Schmerzen, eine Menge persönlicher Schwierigkeiten, die verzweifelte Arbeit an meinem Manuskript, aus dem mir gerade jetzt ein Kapitel gestrichen worden ist – oh, nicht etwa aus künstlerischen Gründen – Aber ich schreibe Dir immer so, als setzte ich voraus, daß Du weißt, wie wir hier leben, wie unsere Kulturpolitik beschaffen ist und dergleichen – und dabei lebst

Du schon so lange in fremden Ländern, daß dies alles, vermute ich, für Dich weiße Flecke auf einer Landkarte sind.

Wo war ich stehengeblieben? Mein Lord P. also – Er war ein vollkommener Ehemann, er war so treu, so nobel, so feinsinnig – und wahrscheinlich ist das der Grund, weshalb ich ihm weggelaufen bin und mich an einen Abenteurer gehängt habe, so einen anarchistischen Kerl mit Kalmückenaugen und einer höchst undurchsichtigen Vergangenheit (dem wirst Du auch in meinem Roman begegnen). Er arbeitet als Kipperfahrer im Kombinat, fiel mir bei einer Diskussion auf durch seinen Scharfsinn, seine bissige Klugheit: er hat Philosophie studiert, ist dann wegen eines Vergehens geext worden, war im Gefängnis und im Haftlager des Kombinats und ist dort in dieser Stadt hängengeblieben. Übrigens handelte es sich – aber das erfuhr ich erst Jahre später – um irgendeine miese Sache wie Unterschlagung oder so was, ich habe ihn nicht gefragt, und er hat nicht darüber gesprochen, ließ bloß gelegentlich durchblicken, daß es sich um ein politisches Vergehen handelte – und ich hab's geglaubt, glauben wollen, hätte ihm alles geglaubt – Es war die Ganz Große Liebe, eine verrückte Liebe, und vielleicht war es auch deshalb, weil alle Welt, von Freunden bis zu offiziellen Parteifunktionären, uns auseinanderzubringen versuchten. Wir waren drei Jahre so zusammen, haben uns hundertmal getrennt, sind hundertmal wieder zusammengelaufen, weil wir einfach krank waren ohne den anderen, daß Herr K. (so will ich ihn bloß nennen) graue Haare bekam – es war die Hölle für uns alle; für meinen armen P., für K.'s Frau und für uns beide. Er war härter als ich und ließ sich scheiden, während ich nicht wagte, P. allein zu lassen. Schließlich habe ich ihn wenigstens finanziell sichergestellt, und dann haben

K. und ich geheiratet. Wir haben immer getrennt gewohnt, jeder in seiner eigenen Wohnung, eine Viertelstunde Weg dazwischen – beide »Einzelwölfe«, Du verstehst. Ich glaube, es war eine fabelhafte Zeit, und ich hätte mich für ihn buchstäblich in Stücke reißen lassen, habe nicht gesehen, daß meine Freunde ihn haßten, daß er jeden vor den Kopf stieß mit seinem bösartigen Witz, daß er mich ausnützte (Herrgott, was für einen Haufen Schulden habe ich für ihn bezahlt – er konnte einfach nicht mit Geld umgehen: aber selbst diese Schlamperei liebte ich an ihm –), aber er war mein bester, schärfster Kritiker und – verzeih, wenn ich solche Indiskretion begehe – bei ihm habe ich das Höchste, Herrlichste an körperlicher Liebe erfahren.

Damals schrieb ich das Buch »Die Geschwister«. Mein geliebter großer Bruder war nach Hamburg gegangen, ein begabter Konstrukteur, der hier auch gewisse Schwierigkeiten hatte (heute leitet er eine Forschungsabteilung in einem weltbekannten Werk), das hat mich schrecklich mitgenommen, und aus der Trauer um meinen verlorenen Bruder ist das Buch entstanden – wahrscheinlich mein bestes. Ich bekam dafür den Preis der Akademie der Künste. Dann also Mitarbeit im ZK, Jugendkommission, die Sibirienreise, ein Tagebuch über Sibirien, ganz enthusiastisch (aber man muß Sibirien gesehen haben – Gott, was für ein Land!), übrigens eine Arbeit, die ich heute noch lesen kann, ohne zu erröten. Das ganze andere Zeug, was man so vor Jahren geschrieben hat, kann man später einfach nicht mehr ansehen und möchte sich über jede Seite mit dem Rotstift hermachen.

Ja, und damit war die Glückssträhne zu Ende. Im Herbst 68 bekam ich zum erstenmal Krebs, der spät, beinahe zu spät erkannt wurde, und nach der Operation raffte ich alle innerlichen Reserven zusammen und veranstaltete einen Umzug (mit dreitausend Büchern, es war horrend!) hierher nach N., ins Mecklenburgische, von den Kohlegruben in eine schöne Landschaft. Nun ja, und damals hat Herr K. jämmerlich versagt. Er hat mich schon immer anstrengend gefunden, weil ich etwas von ihm forderte: Rückkehr in seine eigentliche Welt, kein spöttisches Abseitsstehen, keine Verschwendung seiner Intelligenz – jetzt wo ich manchmal traurig und niedergeschlagen war, fand er mich erst recht anstrengend, blieb dort unten in der Lausitz, ließ mich im Stich, als ich ihn am dringendsten gebraucht hätte. Nun, das ist eine bittere Geschichte, und ich will sie nicht noch einmal heraufbeschwören. Wir wurden geschieden, während ich zum zweitenmal mit Krebs – diesmal in der Wirbelsäule – in der Klinik lag, und da ich todkrank war, jeden Tag unter der Kobaltkanone lag und mich nicht rühren konnte, brauchte ich, gottlob, nicht vor Gericht zu erscheinen. Ich habe ihn seither nie wiedergesehen, eine Zeitlang habe ich noch allerlei Schulden für ihn bezahlt (aus Scham vor seinen Gläubigern), bis ich dann selber pleite war. Als ich aus der Klinik kam, stand ich in jeder Beziehung mit leeren Händen da – Immerhin, körperlich ging es mir wieder besser, die Metastasen schienen abgetötet. Bei allem Unglück habe ich wenigstens noch das Glück gehabt, durch Vermittlung eines Freundes – unseres Star-Architekten der DDR – in die beste Krebsklinik zu kommen (in Berlin), die gleichzeitig Forschungszentrum ist, und unter die Fittiche des Chefs, der ein weltberühmter Chirurg ist und dabei ein gütiger, weiser Mann, der mich wie seine eigene Tochter behandelte – übrigens ein trauriger Mensch, weißt Du: er bekommt immer die Fälle im letzten Stadium, und obgleich er manchmal wahre Wunder vollbringt, sieht er zuviele Leute sterben und leidet tief mit.

Eine Zeitlang war es furchtbar ohne Herrn K. – furchtbar, weil ich mich so verraten fühlte. Da habe ich mich eben durch Arbeit gerettet, sonst wäre ich zugrunde gegangen. Wir haben hier – ein junger Regisseur und ich – einen ganz hübschen Film gedreht, und er schleppte mich zu allen Dreharbeiten mit, zwang mich zum Schreiben, und so kam ich wieder zu mir. Nahezu zwei Jahre habe ich allein gelebt, d. h. nicht ganz allein, ich hatte ja gute und treue Freunde, und vor allem hatte ich meinen besten Freund, beinahe Liebsten J., ein Homosexueller, der aber während der ganzen Zeit, als wir Tag und Nacht beisammen waren, Schach spielten, saufen gingen, im Garten herumwirtschafteten, keinen Freund hatte – na, und ich hatte keinen Liebhaber, ich konnte Männer nicht mehr ausstehen, und natürlich ist es kein Zufall, daß ich mit einem »Linken« gelebt habe. Vielleicht hätte ich zu P. zurückgehen sollen – Er liebt mich wie eh und je, aber ich habe versucht, eine Freundschaft daraus zu machen, und das ist es auch geworden, wir telefonieren stundenlang miteinander, wir sitzen bei Kongressen zusammen, und manche uneingeweihten Leute halten mich immer noch für seine Frau –

Während der fröhlichen Zeit mit meinem lieben Linken habe ich wieder am Roman gearbeitet – eine Quälerei: immerhin ist Herr K. der Hauptheld, und es war (und ist immer noch) ziemlich bitter, ihm auf einem Manuskriptbogen andauernd zu begegnen.

Wieso ich dann doch wieder an einen Mann geraten bin, ist mir bis heute rätselhaft – aber das ist ein neues Kapitel und wird nächstens aufgeschrieben.

21. 4.

Liebe Veralore, nicht zuletzt wegen dieses Vierten hat diese letzte Briefetappe so lange auf sich warten lassen. Zur Zeit geht alles schief: immer Schmerzen, Arbeit bis zum Umfallen, ein kalter grauer April (geht Dir das auch so, daß Deine Laune vom Wetter bestimmt wird?); das Kapitel, das ich zuletzt geschrieben habe, ist – wie man so unter Professionals sagt – »gestorben«, wegen einer gewissen Prozeß-Geschichte in der Vergangenheit meines Helden – aber ich vergesse ja schon wieder, daß Du seit vielen Jahren nicht mehr hier lebst, gewisse politische Ereignisse, die uns mitgeformt haben, nicht erlebt hast und Dir vermutlich nicht vorstellen kannst, daß man über diese Ereignisse noch nicht mit der nötigen Härte schreiben kann. Nun ja, wieder was für die Schublade. Aber in all den Jahren hat sich immer wieder gezeigt, daß Geschichten, die irgendwann mal tabu waren, irgendwann später doch ans Tageslicht, also an die Öffentlichkeit gelangten. So was gehört eben zu unseren Schwierigkeiten im Sozialismus, und man kann sie tragisch finden oder nicht, einsehen oder nicht – Übrigens habe ich immer noch einen starken Glauben an die Vernunft.

Was also den Vierten betrifft, d. h. unsere momentanen Sorgen: der dumme Junge hatte mal wieder seine Alkohol-Strähne, ist Auto gefahren und dabei gefaßt worden, und nun ist er seine Fahrerlaubnis los. Ich konnte nicht mal mit ihm schimpfen, – er war so voller Reue und Scham, daß er nicht mehr allein auf die Straße gehen mochte und sogar seine Kündigung einreichen wollte, – die aber bestimmt nicht angenommen worden wäre, weil es für ihn keinen Ersatz gibt: er ist Kreishygiene-Arzt, und an Hygieneärzten haben wir noch Mangel. Kurzum, ich mußte an ihm herumtrösten und versuchen, ihn wieder moralisch auf die Beine zu bringen, und nun hat er geschworen, nie wieder einen Tropfen Alkohol zu trinken (na, ich bin ja skeptisch –) Wir haben uns übrigens auch beim Kognac kennengelernt, in unserem Hotel, wo ich damals öfter hinging, wenn mir die Decke auf den Kopf fiel; manchmal schreibe ich ganz gern, wenn eine Menge Leute herumsitzen und reden – das ist eher anregend als störend. Zuerst habe ich ihn gar nicht recht zur Kenntnis genommen – so ein blonder Zwei-Zentner-Kerl, Mecklenburger, wirkte ganz gemütlich und sehr normal. Er hat mich ganz unverbindlich nach Hause gebracht, wir haben noch die Nacht durch geschwatzt und weitergetrunken, und er ist gleich von mir aus zum Dienst gegangen, – es stellte sich heraus, daß seine Residenz im Haus gegenüber ist, und wir haben uns bis dahin nicht ein einziges Mal gesehen (ich wohne in so einer netten kleinen Villenstraße, in der auch viele Ärzte wohnen und die Klinik und dergleichen sind).

Am nächsten Tag ist er unerwartet und sehr schüchtern wiedergekommen, »weil er sich zum ersten Mal mit einer Frau unterhalten konnte«. Nach einer Woche hat er mich schon seinen Eltern vorgestellt, und bald darauf sind wir zusammengezogen und haben so gelebt, ohne daß jemand Anstoß daran genommen hat – höchst erstaunlich in einer Kleinstadt. Daß er zehn Jahre jünger ist als ich, habe ich erst viel später erfahren; er sah damals viel älter aus, wahrscheinlich auch durch seine Trinkerei. ... er ist ein schrecklich einsamer Mensch, nicht glücklich in seinem Beruf, hat nie Freunde gehabt, nie eine Frau geliebt und ist, durch traurige Kindheitserfahrungen, ein sehr verschlossener Mensch. Ich hab ja nicht geahnt, was für einen schwierigen Burschen ich mir da aufgeladen habe – Er hat dann zwar aufgehört zu trinken, aber ab und zu überkommt es ihn wieder, und da er nichts mehr vertragen kann, wird es sehr arg. Aber was er auch anstellt in diesem Zustand – ich werde ihm nie vergessen, wie gütig und aufopfernd er mich pflegte, als ich – kaum waren wir ein paar Monate zusammen – wieder krank wurde (zum drittenmal Krebs, diesmal in einem anderen Rückenwirbel, was wir damals aber noch nicht ahnten) und wochenlang im Bett lag und vor Schmerzen heulte. Das ist überhaupt das Merkwürdige bei ihm: am liebevollsten ist er, wenn ich hilflos bin; sobald ich mich wieder gut fühlte und die selbständige Frau herauskehre, kriegt er einen Dickkopf und bildet sich ein, er müßte um seine Gleichberechtigung kämpfen.

Als es zu schlimm wurde, brachte er mich wieder nach Buch, und dort hat er erfahren – was ich natürlich nicht wußte –, daß ich unheilbar krank bin und eigentlich schon seit Monaten tot sein müßte. Und trotzdem hat er mich geheiratet, sobald ich entlassen wurde. Erst ein halbes Jahr später hat er mir unter Tränen gestanden, was mit mir los ist und wie furchtbar der Hochzeitstag für ihn war, als er während der Rede immer daran denken mußte, daß er seine eine und einzige Frau nur für eine unbestimmte Frist haben wird. Jetzt klammern wir uns also an Hoffnungen und Wunderglauben, und ich verstehe schon, warum mein Dicker ab und zu in die Flasche fällt. So, und nun will ich endlich diesen Riesen-Bericht abschließen. Verzeih mir, wenn ich mich hin und wieder wiederholt habe und außerdem noch miserabel getippt – Und nun warte ich auf Deinen Bericht, der viel spannender ausfallen wird (die vier Länder!), und inzwischen wünsche ich Dir alles Gute und grüße Dich ganz herzlich

Deine Brigitte

Brigitte Reimann

Lebensdaten

1933 Am 21. Juli in Burg bei Magdeburg als das älteste von vier Kindern eines Bankkaufmannes geboren.

1947 Kinderlähmung.

1951 Abitur, danach als Lehrerin in Burg tätig.

1953 Heirat. Aufnahme in die Arbeitsgemeinschaft Junger Autoren des Schriftstellerverbandes in Magdeburg.

1955 Veröffentlichung der Erzählung »Der Tod der schönen Helena« im Verlag des Ministeriums des Innern.

1956 Im Verlag Neues Leben, Berlin, erscheint die Erzählung »Die Frau am Pranger«. Aufnahme in den Schriftstellerverband der DDR.

1958 Scheidung der ersten Ehe.

1959 Heirat mit Siegfried Pitschmann.

1960 Umzug nach Hoyerswerda. Mit Siegfried Pitschmann, leitet Brigitte Reimann dort einen Zirkel schreibender Arbeiter im Braunkohle-Kombinat »Schwarze Pumpe«. »Das Geständnis«, Erzählung (Aufbau-Verlag).
Hörspiele: »Ein Mann steht vor der Tür« und »Sieben Scheffel Salz«, beide gemeinsam mit Siegfried Pitschmann. Für beide wurde ihnen 1961 der Literaturpreis des Freien Deutschen Gewerkschaftsbundes verliehen.

1961 »Ankunft im Alltag«, Erzählung (Verlag Neues Leben), 1962 mit dem Literaturpreis des Freien Deutschen Gewerkschaftsbundes ausgezeichnet.

1962 »Die Frau am Pranger« als Fernsehspiel.

1963 »Die Geschwister«, Erzählung (Aufbau-Verlag). Beginn der Arbeit am Hauptwerk, dem Roman »Franziska Linkerhand«.
Wahl in den Vorstand des Schriftstellerverbandes. Mitglied der Jugendkommission des Zentralkomitees der SED.

1964 Sibirienreise als Mitglied einer Delegation des Zentralrats der Freien Deutschen Jugend.
Nach Scheidung von Siegfried Pitschmann dritte Eheschließung.

1965 Die Reportage »Das grüne Licht der Steppen. Tagebuch einer Sibirienreise« erscheint im Verlag Neues Leben.
Brigitte Reimann erhält den Heinrich-Mann-Preis der Akademie der Künste der DDR sowie den Carl-Blechen-Preis des Rates des Bezirks Cottbus für Kunst, Literatur und künstlerisches Volksschaffen.

1968 Krebserkrankung. Operation in Berlin-Buch. Umzug nach Neubrandenburg.

1970 Die dritte Ehe wird geschieden.

1971 Vierte Eheschließung.

1973 Am 20. Februar in Berlin gestorben.

1974 Der unvollendete Roman »Franziska Linkerhand« erscheint im Verlag Neues Leben.

Veralore Schwirtz

Nachbemerkung

Burg bei Magdeburg war die Heimatstadt meines Vaters. Dorthin wurde ich Ende 1944 mit meiner Mutter im Zuge der Flüchtlingswelle aus dem Osten evakuiert; wir wohnten bei meiner Großmutter. Ich hatte keinerlei Schwierigkeiten, mich in meine neue Umgebung einzufügen, denn die Eltern einiger Mitschülerinnen hatten mit meinem Vater das Abitur gemacht und waren mit ihm zur Tanzstunde gegangen. So erinnerte sich auch die Mutter von Brigitte Reimann daran, daß mein Vater zusammen mit ihrem Bruder Hausmusik gemacht hatte. Herkunft und Erziehung von Brigitte und mir waren also ähnlich, wir entdeckten Gemeinsamkeiten und befreundeten uns, so daß nach kürzester Zeit keine mehr etwas ohne die andere unternahm. Dann kamen Beschuß, Kriegsende, die Russen. Wir buddelten zusammen Kartoffeln, sammelten Kartoffelkäfer, brachten Kohlen mit in die Schule, machten Streiche, gründeten einen Klub. Wir machten eine Schulreform mit und strickten uns Badeanzüge aus aufgeribbelten Wollsachen.

1947 erkrankte ich und wurde in ein Sanatorium im Harz verschickt. Das war für mich ein gewaltiger Schock, denn ich ging in dieser Freundschaft, der Klassengemeinschaft, der Zeit der ersten Agitationsversuche der sofort gegründeten FDJ voll auf.

Wir trennten uns in dem festen Glauben, uns nach einem halben Jahr wiederzusehen, und es war Brigitte, die mir mit ihren regelmäßigen Berichten über die Monate hinweghalf. Doch es sollte zu keinem Wiedersehen mehr kommen. Da mein Vater aus der Kriegsgefangenschaft in den damaligen Westen entlassen worden war, beschloß meine Mutter, mich nach meiner Genesung abzuholen und mit mir direkt über die Grenze zu gehen. Das war September 1947 und der eigentliche Beginn der Korrespondenz.

Anfang der fünfziger Jahre spürte ich, wie Brigitte mir in ihrer Entwicklung davoneilte. Ich konnte mancherlei in ihren Briefen nicht mehr nachvollziehen. Nachdem ich ziemlich überraschend und kommentarlos ihre Heiratsanzeige zugeschickt bekommen hatte, brach der Briefkontakt zwischen uns 1953 ab; keine von beiden unternahm den Versuch einer Wiederaufnahme.

Erst zwanzig Jahre später, ich war inzwischen auch verheiratet und lebte in New York, schrieb ich Brigitte, einem plötzlichen Impuls folgend, noch einmal und bekam von ihr den in diesem Buch abgedruckten Abschiedsbrief, der für sich spricht.

Nach der Lektüre der beiden unlängst erschienenen Tagebuchbände fand ich endlich die Antwort auf eine Frage, die mich seit langem beschäftigt: Warum endete die Korrespondenz genau zum Zeitpunkt von Brigittes erster Eheschließung? Ich weiß jetzt, daß weder unterschiedliche politische Ansichten noch der Eiserne Vorhang das Ende unseres fast fünfjährigen Briefwechsels herbeigeführt haben. Ich habe erkannt, daß mit unserem Heranwachsen auch unsere Einstellung zum Leben auseinanderzuklaffen begann. Das fing damit an, daß ich, voller Illusionen und Träume, nicht verstehen konnte, daß sie sich nach der von ihr geschilderten übergroßen ersten Liebe und Enttäuschung umgehend einem anderen zuwandte und sich dann in eine Ehe stürzte, nachdem sie eine solche Möglichkeit kurz zuvor empört von sich gewiesen hatte. Ich las in den Briefen auch ihre Zweifel und war zu sprachlos, um zu gratulieren.

Daß ich zu Recht skeptisch war, bestätigt mir der Beginn des Tagebuches »Ich bedaure nichts«, das mit dem Scheitern eben dieser Ehe beginnt, dann folgte eine weitere Ehe von kurzer Dauer. In dem zweiten Tagebuch »Alles schmeckt nach Abschied« finde ich nun die Geschichte der anderen großen Liebe und das Leid. Auch hier das Scheitern und das Abstürzen, dann die Flucht in eine Ehe, die sie bereits vor der Hochzeit hinterfragt. Es ist, als ob sich hier ein Kreis geschlossen hätte.

Wir hatten uns also sehr unterschiedlich entwickelt und schlugen ja auch Lebenswege ein, wie sie konträrer nicht hätten verlaufen können. Das schien sich bereits damals anzudeuten, und ich muß es gespürt haben.

Aus heutiger Sicht ist es ganz ungewöhnlich, daß zwei so junge Mädchen jahrelang über eine unüberwindliche Grenze hinweg einen regelmäßigen Briefaustausch pflegten. Ich bedaure es, daß es die Konzeption dieser Ausgabe nicht vorsah, daß ich meine eigenen Briefe einbringen konnte. Nur die vollständige Korrespondenz hätte diese ganz besondere Freundschaft, die mit dem Erwachsenwerden endete, widergespiegelt.

Ich habe niemals wieder einen Menschen getroffen, der mir ein solches Vertrauen und eine derartige Mitteilungsbereitschaft entgegengebracht hat wie Brigitte Reimann. Diese Freundschaft war ein wichtiger und wertvoller Abschnitt in meinem Leben.

Dennoch muß ich einräumen, daß man das vorliegende Buch zusammen mit den beiden Tagebüchern als Ganzes, als eine Art Trilogie, betrachten kann. Wie ich erfahren habe, hat Brigitte in einem Moment großer Depressionen ihre Tagebücher aus den Jahren 1947–1955 verbrannt. Es waren dies Jahre heftiger Turbulenzen, Jahre, in denen sie sich zur Schriftstellerin entwickelte. Unter Umständen wird mancher die späteren Tagebücher besser verstehen, wenn er die junge Brigitte in den Briefen kennengelernt hat. Die vorliegenden Briefe füllen jedoch nicht nur die Lücke vor den Tagebüchern, sie zeugen zugleich von einer ungewöhnlichen Jugendfreundschaft über die Ost-West-Grenze hinweg.

Zu dieser Ausgabe

Die vorliegende Zusammenstellung beruht auf Briefen, die sich bislang im Besitz von Veralore Schwirtz befanden und jetzt in den des Brigitte-Reimann-Archivs des Literaturzentrums Neubrandenburg übergegangen sind. Mit wenigen Ausnahmen aus der Frühzeit der Korrespondenz wurden fast alle Briefe Brigitte Reimanns aus dieser Sammlung hier aufgenommen. Da es sich um Jugendbriefe handelt, ist – im Interesse besserer Lesbarkeit – auf die Wiedergabe belangloser Mitteilungen weitgehend verzichtet worden, wiederum insbesondere bei den ganz frühen Briefen. Auslassungen, in wenigen Fällen auch aus Gründen des Persönlichkeitsrechts erforderlich, sind generell durch Pünktchen gekennzeichnet, Schreibfehler wurden berichtigt.

Ich danke allen, die das Zustandekommen dieser Ausgabe ermöglichten, ganz besonders aber Frau Veralore Schwirtz, die auch die abgedruckten Fotos aus ihrem Privatbesitz zur Verfügung stellte, sowie dem Brigitte-Reimann-Archiv.

I. K.